读书不觉春已深

余晓梅 ／ 著

辽海出版社

图书在版编目（CIP）数据

读书不觉春已深/余晓梅著. -- 沈阳：辽海出版

社，2018.12

ISBN 978-7-5451-5064-3

Ⅰ.①读… Ⅱ.①余… Ⅲ.①随笔－作品集－中国－

当代 Ⅳ.① I267.1

中国版本图书馆 CIP 数据核字 (2018) 第 281267 号

责任编辑：丁　凡　高东妮
责任校对：丁　雁

北方联合出版传媒（集团）股份有限公司

辽海出版社出版发行

（辽宁省沈阳市和平区十一纬路 25 号 辽海出版社　　邮政编码：110003）

北京市天河印刷厂印刷　　　　全国新华书店经销

开本：1/16　印张：7.5　字数：138 千字

2020 年 1 月第 1 版　　2020 年 1 月第 1 次印刷

定价：28.00 元

序　言

古人云，春诵，夏弦，秋学礼，冬读书，强调了学习一定要因时制宜。笔者是一名小学语文教师，带着懵懂的学童开展阅读，如同抓住了春天万物复苏、生机盎然的好时机，让孩子们在书页的翻动中体会到"读书不觉春已深"的美妙感觉。

闲时，我总是和孩子们分享读书的感悟，也以读书的名义，谈论生命与成长，家国与世界，历史与未来……

我告诉孩子们，读书是一次长久的旅行，是一次没有分别的邂逅，是一次徜徉惬意的闲适。走进书本，你会漫步在自己的心灵，打开自己的世界，让文字牵着思想远行，沿途有山川河流，人间百态，这是快乐的出发也是幸福的围城。读书，让你在情绪里舞蹈，穿越文字的迷宫，即便是夜深沉得摸不到边际，你也会自信从容，因为书籍滋养了你厚重的底气。别人的思想开了花，又结了果，成为一盏盏明灯，当你打开书本，书页犹如振动的翅膀，载着你穿越时空追寻光明，去和所有高尚的人对话。

读书就是遇见知己！选你爱之，选你需之，选你慕之，这就是知己。洋洋洒洒的文字，长短不一的语句，化成一个个音符，谱写着各自的认知，闪耀着智慧的光芒。外物之味，久则可厌；读书之味，愈久愈深。读一本好书，心得以明净如水，智得以茅塞顿开。人的一生就是一条漫漫长路，书籍如挚友陪伴，一路与你同行，要相信，你看过的每一个字，读过的每一本书，最终都会藏在你的气质里，帮助你成为更有魅力的人。

读书就是看清自己！看你所需，观你所欲，阅你所爱，相辅相成，见微知著，这就是看清自己。阅读就是把自己变幻成一个精灵游走在别人的奇妙世界，你不是格列佛，但你依旧满世界"流浪"。去看见喜怒哀乐，去发现仁义智勇，去寻找未知未来，你流浪在书中的世界是为了更好地看清自己，看见自己的缺失，看见自己的恐惧，看见自己的梦想，看见自己的未来。

我也和孩子们探讨读书的方式方法。在互联网海量信息的冲击下，人们的阅读习惯已经发生了改变，从深度阅读变为短平快浏览，传统的读书受到了挑战。然而，我们还是需要静下心来读书，有选择地读书，有方法地读书，善用现代信息技术多种形式地读书。让我们和一切好书做朋友，海量阅读，深度思考，用心感悟。

春天翻开了大地的书页，草长莺飞，花儿绽放。孩子们，莫负这春光，脱下冬装，赤脚也可，赤膊也可，赤心也可，行脚吧，奔跑吧，率性吧，歌吟吧，一起读书吧！

目录＼CONTENTS

第一章　书里必有春光在

春光者，知识也。春光不仅仅只在春天，春光是一切美好的事物，在书籍里春光比比皆是。

第一节　何为阅读

一、阅读概念

阅读是运用语言文字来获取信息，认识世界，发展思维，并获得审美体验的活动。它是从视觉材料中获取信息的过程。

阅读是一种主动的过程，是由阅读者根据不同的目的加以调节控制的，陶冶人们的情操，提升自我修养。阅读是一种理解，领悟，吸收，鉴赏，评价和探究文章的思维过程。

读书是指获取他人已预备好的符号、文字并加以辨认、理解、分析的过程，有时还伴随着朗读、鉴赏、记忆等行为。这些符号最常见的是语言文字，其他还有音符、密码、图表等也在此列；一般获取过程使用眼睛观看，也包括盲人用触觉来识别凸字等其他获取方式。

读书是通往梦想的一个途径，读一本好书，让我们得以明净如水，开阔视野，丰富阅历，益于人生。人一生就是一条路，在这条路上的跋涉痕迹成为我们每个人一生唯一的轨迹，此路不可能走第二次，而在人生的道路上，我们所见的风景是有限的。书籍就是望远镜，书籍就是一盏明灯，让我们看得更远、更清晰。

二、阅读方法

(一)阅读指导四方法:

第一种是信息式阅读法。这类阅读的目的只是为了了解情况。我们阅读报纸、广告、说明书等属于这种阅读方法。对于大多数这类资料,读者应该使用一目十行的速读法,眼睛像电子扫描一样地在文字间快速浏览,及时捕捉自己所需的内容,舍弃无关的部分。任何人想及时了解当前形势或者研究某一段历史,速读法是不可少的,然而,是否需要中断、精读或停顿下来稍加思考,视所读的材料而定。

第二种是文学作品阅读法。文学作品除了内容之外,还有修辞和韵律上的意义。因此阅读时应该非常缓慢,自己能听到其中每一个词的声音,嘴唇没动,是因为偷懒。例如读"压力"这个词时,喉部肌肉应同时运动。阅读诗词更要注意听到声音,即使是一行诗中漏掉了一个音节,照样也能听得出来。阅读散文要注意它的韵律,聆听词句前后的声音,还需要从隐喻或词与词之间的组合中获取自己的感知。文学家的作品,唯有充分运用这种接受语言的能力,才能汲取他们的聪明才智、想象能力和写作技巧。这种依赖耳听——通过眼睛接受文字信号,将它们转译成声音,到达喉咙,然后加以理解的阅读方法,最终同我们的臆想能力相关。

第三种是经典著作阅读法,这种方法用来阅读哲学、经济、军事和古典著作。阅读这些著作要像读文学作品一样的慢,但读者的眼睛经常离开书本,对书中的一字一句都细加思索,捕捉作者的真正的用意。从而理解其中的深奥的哲理。值得注意的是,如果用经典著作阅读法阅读文学作品,往往容易忽略文学作品的特色,以使读者自己钻进所谓文学观念史的牛角尖中去。

第四种阅读方法是麻醉性的阅读法。这种阅读只是为了消遣。如同服用麻醉品那样使读者忘却了自己的存在,飘飘然于无限的幻想之中。这类读者一般对自己的经历和感受不感兴趣,把自己完全置身于书本之外。如果使用麻醉性的阅读方法阅读名著,读者只能得到一些已经添加了自己的幻想的肤浅的情节,使不朽的名著下降到鸳鸯蝴蝶派作家的庸俗作品的水平。如果漫不经心地阅读《安娜·卡列尼娜》,犹如读一本拙劣的三角恋爱小说。麻醉性的阅读在将进入成年的时候达到顶峰。年轻人的麻醉阅读是造成大量的文学作品质量低劣的原因。

(二)阅读具体十法

1. 泛读

泛读即广泛阅读,指读书的面要广,要广泛涉猎各方面的知识,具备一般常识。不仅要读自然科学方面的书,也要读社会科学方面的书,古今中外各种不同风格的优秀作品都应广泛地阅读，以博采众家之长，开拓思路。马克思写《资本论》曾钻研过 1500 种书，通过阅读来搜集大量的准备资料。

2. 精读

朱熹在《读书之要》中说："大抵读书，须先熟读，使其言皆若出于吾之口；继以精思，使其言皆若出于吾之心，然后可以省得尔。"这里"熟读而精思"，即是精读的含义。也就是说，要细读多思，反复琢磨，反复研究，边分析边评价，务求明白透彻，了解于心，以便吸取精华。对本专业的书籍及名篇佳作应该采取这种方法。只有精心研究，细细咀嚼，文章的"微言精义"才能"愈挖愈出，愈研愈精"。可以说，精读是最重要的一种读书方法。

3. 通读

即对书报杂志从头到尾阅读，通览一遍，意在读懂，读通，了解全貌，以求一个完整的印象，取得"鸟瞰全景"的效果。对比较重要的书报杂志可采取这种方法。

4. 跳读

这是一种跳跃式的读书方法。可以把书中无关紧要的内容放在一边，抓住书的筋骨脉络阅读，重点掌握各个段落的观点。有时读书遇到疑问处，反复思考不得其解时，也可以跳过去，向后继续读，就可前后贯通了。

5. 速读

这是一种快速读书的方法，即陶渊明提倡的"好读书，不求甚解"。可以采劝扫描法"，一目十行，对文章迅速浏览一遍，只了解文章大意即可。这种方法可以加快阅读速度，扩大阅读量，适用于阅读同类的书籍或参考书等。

6. 略读

这是一种粗略读书的方法。阅读时可以随便翻翻，略观大意；也可以只抓住评论的关键性语句，弄清主要观点，了解主要事实或典型事例。而这一部分内容常常在文章的开头或结尾，所以重点看标题、导语或结尾，就可大致了解，达到阅读目的。

7. 再读

有价值的书刊杂志不能只读一遍，可以重复学习，"温故而知新"。著名思想家、文学家伏尔斯泰认为"重读一本旧书，就仿佛老友重逢"。重复是学习之母。重复学习，有利于对知识加深理解，也是加深记忆的强化剂。

8. 写读

古人云："不动笔墨不读书"，俗语也有"好记性不如烂笔头"之说。读书与作摘录、记心得、写文章结合起来，手脑共用，不仅能积累大量的材料，而且能有效地提高写作水平，并且能增强阅读能力，将知识转化为技能和技巧。

9. 序例读

读书之前可以先读书的序言和综述，了解内容概要，明确写书的纲领和目的，有指导地进行阅读。读书之后，也可以再次读书序和综述，以便加深理解，巩固提高。

10. 选读

就是读书时要有所选择。古往今来，人类的文化宝藏极为丰富。一个人的精力毕竟有限，如果不加选择，眉毛胡子一把抓似的读书，就不会收到好的效果。可以结合自己的情况，有针对性地选择书目，进行阅读，这样才能达到事半功倍的效果。

爱迪生为发明而读书。为了发明"白炽灯"，他曾翻阅图书馆有关各种书刊，作了 9 万页笔记。他为了发明一种新型号的打字机，从图书馆借来了有关的书刊资料，共有 3 尺厚。他只用两三个晚上就钻研完了。他是怎样看这些书刊的？他不可能在两三个晚上从头至尾一字不翻地钻研完毕这 3 尺厚的书刊。他只是搜集与他发明新打字机有关的部分，其余部分则 Pass。

爱因斯坦说，他只吸取、抓住把学习和研究引向深处的东西，而把一切偏离要点而使头脑负担过重的东西统统抛掉。他说，凡是书上有的，他都不记，只记书上没有的。这就是将书中不能引向深邃知识的东西统统 Pass。

华罗庚也如此。他看一本厚厚的书，别人要花十天半月，而他一两个晚上就看完了。他怎样看呢？当然不是拿起一本书，从第一个字读到末尾一个字。他拿到书以后，要躺在床上想一想，自己问自己：要我写这本书，怎样写？想过以后，再拿起书来读，凡自己过去已钻通了的部分，都 Pass 过去。只看自己没有钻与没有钻通的部分。他认为一本书提供的新东西，往往就那么一点，只看这些有新东西的部分。对已知部分则不必字字细看，很快跳过去，绕过去，Pass 过去。

要成才就必得多读书，越是多读书就越能够迅速地看许多书，因为有些书过去已读过，已经知道其中的内容，就应迅速 Pass，直接读未知部分。

三、各国阅读对比

数据显示，2016 年我国国民人均图书阅读量为 7.86 本，远低于欧美发达国家，大众阅读习惯尚未养成，那么世界上其他国家的阅读现状如何呢？

（一）2016 年中国阅读数据

我国成年国民人均纸质图书阅读量为 4.77 本，远低于韩国 11 本，法国 20 本，日本 40 本，以色列 64 本；人均每天读书 13.43 分钟。

看到这个数据，有人指出，我们国人太不爱读书了，造成这个问题的原因有很多：其中一大原因是，确实没时间读书，首份《中国国民休闲状况调查报告》显示，中国人用于休闲的时间仅 3.156 个小时，经济合作与发展组织 (OECD)18 个国家平均值 5.736 小时，而工作的时间则达到 9.249 小时。有限的几个小时休闲时间，国人又大把扔进了应酬、交际中，相对于其他国家，我们中国人工作强度是全世界最大的，为了养家糊口，很多人每天都工作很长时间，甚至加班也是常态，除了上班，真正属于自己的休息时间并不是太多，这是国人相对阅读数量较少的原因之一。当然，还有一个重要的原因就是应试教育影响，从小学到大学，我们一直被强迫学习，读死书，导致很多人对读书都很抵触，甚至害怕读书。

（二）德国：流浪汉也阅读

德意志是个酷爱读书的民族，无论是在公园的长椅上，还是在火车、地铁、公交车的车厢里，几乎是随处都可以看到手捧书卷埋头苦读的人，而且这些读者不分身份。一个流浪汉坐在路边旁若无人地认真阅读也是司空见惯的事。

根据德国弗萨研究所 2015 年调查数据，39% 的德国人平均每年读 5 本书，19% 的德国人每年读 6~10 本书，27% 的德国人每年读书超过 10 本。德国还有非常浓郁的读书氛围。法兰克福书展是世界上规模和影响最大的书展之一，德国所有城镇，无论大小都有图书馆为市民免费开放和供市民免费借阅。摆满图书的书架几乎是德国家庭的标配。对于用不到的书籍，人们一般也不会扔掉，很多城市有钢铁玻璃书柜，大家可以将不要的书籍摆放在里面，供其他人拿取，这也是另一种对书本、对知识尊重的体现形式。

（三）俄罗斯：最爱阅读的国家

俄罗斯人一向自称是世界上最爱读书的人。据统计显示，1.4 亿俄罗斯人的私人藏书就有 200 亿册，每个家庭平均藏书近 300 册。因此，俄罗斯获得了世界上"最爱阅读国家"的美誉，这也成了俄罗斯人的骄傲。

俄罗斯人每年庆祝"读书日"，除了大大小小的读者见面会或者文学讲座等系列活动以外，还有个特别的活动，那就是"图书馆之夜"。今年将是俄罗斯首都莫斯科市第 7 次举办"图书馆之夜"活动，莫斯科各大图书馆将要延长工作时间至晚 10 点，并且筹备了丰富多样的活动。目前，全俄罗斯约有 450 家图书馆参与该活动，其余绝大多数的图书馆也表示会支持这一活动并延时闭馆。每年仅仅在莫斯科市就有超过一万名市民参与其中。

除了传统的阅读习惯外，俄罗斯政府也起到极为重要的作用。今年俄罗斯文化部官网早在一个月前就公布了"图书馆之夜"的具体信息。多年以来，俄罗斯政府还从国家层面制定了《民族阅读大纲》，并且调动俄联邦政府各个部门、地区管理机构、社会团体、出版业、传媒、作家联盟等各方力量，并以国家法律作为保障。

在这一大纲中，阅读被定位为民族优先发展的任务，比如在出版、运输和传播儿童书籍方面提供国家保护措施；以各种方式支持和激励作家为青少年创作出有意义的图书，并且创建俄罗斯联邦阅读研究中心，支持图书馆建设等。

（四）澳大利亚：流行街头图书馆

澳大利亚人也热爱读书。平时，一些和阅读有关的活动在澳大利亚常见，比如从1979年开始，澳大利亚多发性硬化症协会就发起看书帮助病人的阅读马拉松计划。此外澳大利亚的各个社区、学校的图书馆都是对所有公众免费开放。如果只是进行简单的阅读，任何人都可以进入，并不需要办理什么阅读卡。而即便是要借书出去，通常简单地通过驾照就可以办理这些图书馆的借书证。

近几年来，澳大利亚街头还流行起街头图书馆的活动。人们自发在自己家的前院放一个比信箱大一点的箱子，里面放上自己的藏书供附近邻居、路人进行借阅，这种自发的阅读活动不求任何回报，纯粹出于房屋主人对书的热爱，以及希望更多的人阅读的愿望。一些社交网友还纷纷在社交平台上晒出自己的街头图书馆，欢迎大家免费借阅。

第二节　阅读所为何

一、阅读的益处

古人云："书中自有黄金屋，书中自有颜如玉。"可见，古人对阅读的情有独钟。其实，对于任何人而言，阅读最大的好处在于：它让求知的人从中获知，让无知的人变得有知。读史蒂芬霍金的《时间简史》和《果壳中的宇宙》，畅游在粒子、生命和星体的处境中，感受智慧的光泽，犹如攀登高山一样，瞬间眼前呈现出仿佛九叠画屏般的开阔视野。于是，便像李白在诗中所写到的"庐山秀出南斗傍，屏风九叠云锦张，影落明湖青黛光"。

（一）如润滑剂

对于坎坷曲折的人生道路而言，阅读便是最佳的润滑剂。面对苦难，我们苦闷、彷徨、悲伤、绝望，甚至低下了曾经高贵骄傲的头。然而我们可否想到过书籍可以给予我们希望和勇气，将慰藉缓缓注入我们干枯的心田，使黑暗的天空再现光芒？读罗曼罗兰创作、傅雷先生翻译的《名人传》，让我们从伟人的生涯中汲取生存的力量和战斗的勇气，更让我们明白：唯有真实的苦难，才能驱除罗蒂克式幻想的苦难；唯有克服苦难的悲剧，才能帮助我们担当起命运的磨难。读海伦·凯勒一个真实而感人肺腑的故事，感受遭受不济命运的人所具备的自强不息和从容豁达，从而让我们在并非一帆风顺的人生道路上越走越勇，做命运真正的主宰者。在书籍的带领下，我们不断磨炼自己的意志，而我们的心灵也将渐渐充实成熟。

（二）身心宁静

阅读能够荡涤浮躁的尘埃污秽，过滤出一股沁人心脾的灵新之气，甚至还可以营造出一种超凡脱俗的娴静氛围。读陶渊明的《饮酒》诗，体会"结庐在人境，而无车马喧"那种置身闹市却人静如深潭的境界，感悟作者高深、清高背后所具有的定力和毅力；读世界经典名著《巴黎圣母院》，让我们看到如此丑陋的卡西莫多却能够拥有善良美丽的心灵、淳朴真诚的品质、平静从容的气质和不卑不亢的风度，他的内心在时间的见证下折射出耀人的光彩，使我们在寻觅美的真谛的同时去追求心灵的高尚与纯洁。读王蒙的《宽容的哲学》、林语堂的《生活的艺术》以及古人流传于世的名言警句，都能使我们拥有诚实舍弃虚伪，拥有充实舍弃空虚，拥有踏实舍弃浮躁，平静而坦然地度过每一个晨曦每一个黄昏。

（三）修炼自身

在科技高度发达的当今社会，个体获取知识的方式很多，但谁也无法否认的是，阅读仍是一种最主要的途径。

古人阅读多为纸质文本，最早还只能是携带不便的羊皮、竹简等。而眼下的我们，阅读的途径与方式可就丰富多了，手机、电脑、电子阅读器等都是可以利用的工具，且十分便捷。但我以为，手机、电脑之类的阅读虽然可以获取大量信息，却是一种浅阅读，要进入深阅读状态，达到一定的思考、创新层次，还是纸质文本最佳。

古人的阅读方式单一，但他们对知识怀有一种敬畏的态度，将书本看得十分神圣，阅读之前，总得焚香净手。"敬惜字纸"，是中华文化的一种传统美德。这一点，值得今天的我们继承发扬。

当然，笔者所说的敬畏与敬惜，是指心灵方面的，并不拘泥于某一表面形式。比如古人读书之前的焚香净手，阅读之时的正襟危坐，今日就大可不必了。阅读不分场合，忙碌而讲究效率的现代人难有完整的单元时间，常利用等车时分，就餐、乘车、乘机空隙，甚至上卫生间的时候，抓紧点滴时间如饥似渴地阅读。而我最喜欢的方式，则是躺在床上阅读，可以放松身心地进入到一种类似"气功"的状态之中。

阅读是一种习惯，一种愉悦，一种享受，一种境界。明代诗人于谦在《观书》一诗中写道："书卷多情似故人，晨昏忧乐每相亲。眼前直下三千字，胸次全无一点尘。活水源流随处满，东风花柳逐时新。金鞍玉勒寻芳客，未信我庐别有春。"经常阅读，自有一股缭绕身心的别致"书香"，**就像不会枯竭的丰盛水源、盛开不败的鲜花绿柳。因此，阅读不能有太多的功利**，它是心灵的一种需要，是充实生活、引导灵魂前行的一种方式。北宋著名诗人、书法家黄庭坚说："士大夫三日不读书，则义理不交于胸中，对镜觉面目可憎，向人亦言语无味。"

由此可见，我们常说的阅读，主要是指人文方面的内容。个人的气质、品位，便取决于这种阅读。一个技术性的人才，如果没有专业之外的人文阅读，很难说他具有多高的文化修养与品位。

阅读是一种循序渐进的过程，特别讲究刨根究底。比如文中的注释、书后的参考资料等，都值得我们足够重视，可"按图索骥"进行扩展阅读；再比如自己关注、喜爱的作家、作者，他们在知识结构、内在气质、个性特征等方面或与我们有着一定的相通之处，可就此拓展、延伸开来，阅读他们的主要乃至全部作品……这种刨根究底，就像农民收获花生与红薯，循着地底的根须，一挖一刨，一拉一扯，就是一大串，会有一种溢于言表的丰收与喜悦。

阅读也是一种循环往复的过程。这种循环往复，就是人们常说的精读。有定评的经典性作品，经过时间的筛选，一定有着深邃的思想，丰富的内容，高尚的品格，是人类迄今为止所能达到的峰巅。一个人能够获得多大的能量，取得多高的成就，很大程度取决于这种循环往复的阅读。

阅读是一辈子的事情，是一种长期的没有终点与止境的"自我教育"。所谓"活到老，学到老"，具体而言，主要指的就是阅读。它是生命的一种"马拉松"，是锲而不舍的长期追求，是由量变到质变的不断飞跃与提升……说到底，阅读就是人生的一种修炼，与成长、成功相伴，修炼到家的，便可"得道成仙"；舍弃这种修炼或偶尔为之者，有可能"言语无味"。

不论从事何种行业，只要我们经常阅读，将其内化为一种自觉行为——生命的自为存在，便是一个有福之人。书香弥漫的人生岁月，能在有限的生命时间欣赏无限的生命美景，可使我们活得更加丰富与智慧、充实与从容，人生也因此更加精彩。

美国一位教授曾经说过，一个人终其一生是否留下遗憾，要问自己三个问题，一是身后留下点什么没有，二是是否向自己的人生极限挑战了，三是是否具有向权威挑战的精神。

若要回答这三个问题，大概只能靠书本、知识、阅读予以解决。从阅读中见出疑问，便能向权威挑战；向权威挑战的过程，也是逼近自己人生极限的过程；在不断的挑战与超越中，身后自然会留下一串深深的脚印……于是，我们只有一次的短暂人生，也因此而变得美丽而永恒。

阅读是一种力量，让我们安静地存在。尼采说，上帝死了，然后，福柯说，人死了。所以我们在活着的时候，必须好好活着，而阅读便是好好活着的方法之一。

（四）解决烦恼

6~8岁，是很多成长节点的发生阶段，每个敏感期和成长点发生飞跃时，孩子就会有心理上的波动。如：喜欢欺负同学、说粗话、耍赖、说谎、不肯洗澡、把同学的文具拿回家等等。这些问题已经有家长反馈回来，问我该怎么办，说真的要被孩子折磨得要疯了。我说："和孩子一起阅读吧，没有一个孩子是不爱听故事的。"所以每个学期的开始，为了激发学生的阅读兴趣，我都会下发一张阅读记录表，上面由学生记载每天在家阅读的时间和阅读内容，并由家长签字。

（五）给予能量

综合笔者多年小学教学的经验，笔者发现一个很普遍的现象，没有阅读作为基础，学生在听说读写方面很难得到提升。无论是童话书、科学书、绘本还是课本以及传统经典，都有趣又有益，看这些书，比坐在电视机前不假思索地被动接受《喜羊羊与灰太狼》"光头强"的视听冲击要有益得多。

（六）拓宽视野

世上风景千万重，我们不可能带孩子走遍海角天涯，也不可能带他亲赴每一个制造基地，了解每个产品的形成过程。但通过阅读，我们可以了解到这些知识。比如有一本书叫作《追风小子的高铁》，在白天工作了11个小时以后，他下班了，可是下班后就可以休息吗？不，他先要去检修车间检查，要检查车轮、车头、底盘，要在车厢里打扫卫生，还要把每个车厢厕所下面装便便的大盒子，用管子把便便吸空。最后，才能到车库里去睡觉。

（七）激发想象

与电视节目和平板电脑游戏相比较，书籍的吸引力可能稍弱，但是却完全不可被取代。电视节目虽然声画并茂，给人直观感受，但有一个缺陷，就是孩子只能被动地接受信息，对激发孩子的想象力和培养创造力有限。如果长期生活在虚拟的电视节目和游戏里，会让孩子的人际交往能力受到限制。

（八）素养的陶冶

自1952年以来，《纽约时报》书评版每年都会组建一个独立评审小组，挑选出时报最佳儿童绘本。它以艺术价值为唯一标准，也是同类作品的唯一年度奖。2015年《纽约时报》最佳儿童绘本书单中有一本，叫作《想当国王的老虎》。本书是瑟伯1956年推出的一个漫画寓言故事，讲的是一只痴迷于权力的老虎发起一场大战的故事。尹珠熙的插图色彩鲜艳，全都是鲜亮的红色、冷静的蓝绿色、黑色和白色，印刷风格的色块密集地挤在一起。每一页都满是令人思绪飞扬的动物生活场景。画面冲击感强烈，令人陶醉，既刻画出了战争的残暴，又表现出了骄傲、厌倦、震惊和悲伤等情感。从这样精彩的绘本评选中胜出的绘本，必定有它科学有说服力的价值。通过这本书的阅读，学生们体验到了多种情感，这本身就是美的陶冶。

美不仅在于情感，还在于素质。阅读不仅是学生求知，也是提高学生素养、培养人格精神的有效途径，在一个人成长过程与精神品格形成过程中的功能是巨大的。潜移默化的课外阅读是语文实践活动的重要形式，它的意义深厚而广泛。课外阅读可以巩固课内所学过的读写知识，提高阅读和写作水平；课外阅读能拓宽知识面，陶冶情操，培养自学能力，促进少年儿童健康成长。课外阅读的根本目的是提高孩子整体语文素质，为终身学习奠定坚实的基础。作为语文学习的一个重要组成部分的课外阅读也当然是一种综合性的活动，它所关注的不是一个单纯方面，而是注重学生整体语言素质的提高。人的学习过程不会只在课堂内、学校里进行，大量有效的信息，大量需要的知识和技能都要通过人们未来的阅读来获得。课外阅读是语文教学的一个重要组成部分，正确的课外阅读是丰富语言积累、发展思维智能、提高表达水平的一种有效途径，不仅不会影响课内语文学习，反而能使学生更容易理解、巩固课本教材上的知识。同样的，学生有了阅读兴趣，才能从内心深处对课外阅读产生主动需要。因此，要领会课文的内容，就要让学生充分阅读。教师可以在平时教学中配合教材，采用多种形式激发学生阅读兴趣。朗读、背诵文章，介绍文章的梗概，引导学生自由阅读自己感兴趣的内容，表演故事的一些情节，都能激发他们的阅读兴趣和愿望，提高他们的阅读能力和认知水平。

三、阅读对语文教师和学生的重要意义

叶圣陶先生曾对语文学科名称的来历和其含义做过权威论述。他说："语文一名，始用于1949年华北人民政府教科书编审委员会选用中小学课本之时。此前中学称国文，小学称国语，至是乃统而一之。彼时同人之意，以为口头为"'语'，书面为'文'，文本于语，不可偏指，故合言之。亦见此学科'听''说''读'宜并重，诵习课文，练习作文，因为读写之事，而苟忽于听说，不注意训练，则读写之成效亦将减损。"这段话把"语文"的概念表述得非常明确，"语"是口头语言，"文"是书面语言，"语文"包含口头语言和书面语言两方面。同时也说明了"语文"学科名称的来历以及语文课必须听说读写并重。阅读可以提高语文教师的自身专业素质，在教学时能更加准确地理解文本，为学生树立读书的榜样，使学生对阅读产生兴趣。本文主要从阅读对教师，教学和学生影响的三个方面阐述阅读的重要意义。

在经济科、技快速发展的今天，人们的生活节奏加快，越来越多的人们没有时间，没有心情安静地阅读一本书，即使读书也是速读或是利用电子产品进行片段式的阅读，大部分人的生活已经远离阅读，教师也是如此，因为缺少知识的储备，在备课时，她们主要是采用辅助教材来备课；在教学过程中，由于不能够做到对作者的"知人论世"，很多教师不能准确地理解文本；在课堂中由于单一乏味的语言，导致很多学生不喜欢上语文课。教师的本身缺少阅读的习惯也给学生带来不利的影响，使学生们也不喜欢阅读，对阅读缺少兴趣。

（一）阅读对教师的影响

阅读提升教师的专业素养，完善自己的知识结构。作为一名教师应具备专业素养和宽厚的文化素养，教师要能熟练准确地掌握本学科的基础知识，教师要热爱自己的专业。语文作为一个工具性和人文性的学科，需要语文教师具备综合性的知识，所以语文教师不仅要做到准确地掌握基本知识和热爱自己的专业，还应要做到学识渊博，才华横溢，要做到这几点就需要语文教师有广泛的阅读量，多读传承民族文化，哺育精神成长的经典之书，读本专业的优秀刊物，读世界级的外国文学作品和人物传记等，要成为一名合格的教师首先要有一定的知识储备。教师的阅读深度和广度可以有利于教师在备课教课过程中更加准确地理解文本意义。作为教师要热爱自己的专业，正如叶圣陶先生所说，语文学科中听说读写是相互联系，缺一不可的，所以语文教师要具备读的能力，在读的基础上适当地记忆背诵，才能做到说时出口成章，写时文思泉涌。所以要成为一名合格的语文教师，首先要做的就是阅读，只有喜欢阅读，喜欢阅读经典的文学和优秀的文学作品，才有资格成为一名合格的教师，在此基础上成为一个优秀的教师。

阅读提升教师自身的魅力。阅读可以提高思辨能力，丰富理性，阅读是思考人生，社会和历史以及反思自己的过程，在阅读中可以辨别是非，在不断与作者的心灵对话中会逐渐形成自己独特的观点和思想，在平凡的社会现象中能够提炼出与他人不同的启示。阅读能消除职业倦怠，书籍中充满生命和智慧的言语，会使教师的生命变得开阔，乐观，旷达。阅读不仅能改变教师的人生，而且能促使教师思考人生，从而实现自我人生层次的提升和生命的升华。阅读是形成自身气质的重要条件，腹有诗书气自华是对阅读意义的最好诠释。

苏霍姆林斯基曾说过"读书，读书，再读书"，可见阅读对教师的意义重大，而教师的专业素养和自身的修养与魅力正是取决于此。著名教育家朱永新老师说："教师的读书不仅是学生读书的前提，更是整个教育的前提。"由此可见，阅读与教师成长以及教育这三者之间有着天然的密不可分的关系。

（二）阅读对语文教学的影响

阅读的厚度就是上课的深度。阅读可以使语文教师更加准确地理解文本，与其产生共鸣，在教学过程中做到知人论世。曾祥芹在《鼓励阅读批判张扬读者个性》一文中，把个性化阅读落实为八个字"解文""知人""论世""察己"，"解文"即理解文本的意义；"知人"即追寻作者的意图；"论世"即审视作品的历史现实意义；"察己"即审查自身，提高修养，也就是要在作品（文）、作者（人）、社会（世）、读者（己）四者之间往返，自由驰骋，拥有自己的阅读见解。遗憾的是，有些教师由于缺少阅读，缺少文化的底蕴，所以在对文本的解读中，缺少多元解读，不尊重学生的独特感受，甚至在讲授时还会出现错误，例如曲解文本、过度阐释等问题。只有通过大量的阅读，才可以使教师反思自己的教学，让自己在教学时更有灵性，更有见解，更能接纳包容别人的观点，走出一条属于自己的教育特色之路。

阅读能够改变教师语言匮乏，贫弱，苍白的状态。一个文化底蕴丰厚，专业化程度高的老师会以最轻松的方式让学生收获最有分量的知识。通过阅读，老师可以使学科知识与其他的学科可以系统地整合和灵活地运用，在课堂上妙语连珠，能使学生体会到汉语的博大精深；博古通今的知识，能给学生以知识的充实和心灵的震撼；文采出众，才辩无双的表现，会让学生们从心里敬佩自己的语文老师，从而引发学生们学习语文的兴趣，热爱语文，愿意认真地学习语文，这样才会使学生的语文有一个好成绩，从而提高教学效率和教育质量。

（三）阅读对学生的影响

我国著名的教育家叶圣陶先生在五十年前就明确提出"学习语文的目标就是得到阅读和写作的知识，从而养成阅读的习惯"。阅读不但可以提高学生素养，开阔学生视野，发展学生智力，让心灵得到健康的成长，阅读还可以激发学生的写作潜能，因为阅读能为写作积累大量的素材并提供模仿的范本，"熟读唐诗三百首，不会作诗也会吟"，就说明了阅读大量积累的作用，学生在大量阅读的过程中，不断吸收并内化为属于自己的语言，增强自己的文字表达能力，在此基础上进行创新实现自己的真正写作。

一个喜欢阅读的语文老师会培养出喜欢阅读的学生，因为他们知道阅读对一个人的重要性，更知道语文优异成绩的基础是阅读，所以，喜欢阅读的老师会利用各种形式培养学生阅读习惯和阅读能力，会为学生营造一个适宜读书的氛围，举办读书活动，开展师生共读、亲子共读等活动，并注重对学生进行阅读指导、交流和评价，让学生有成就感，更深层次地激发学生读书的动机，使阅读成为学生生活的一部分。

四、小学生阅读意义

阅读是小学生课程中最重要的环节之一，也是学生掌握新知识的基础。

谈到小学生课堂教学中的阅读教学和训练，无论是孩子还是家长都认为很重要，因为没有很好的阅读能力，很难读懂其他学科的知识，很难在今后的工作岗位上掌握新的技能，随着年龄增长，自学能力的增长也变成了一种奢望，所以都很重视小学生的阅读能力。

（一）　小学生早期阅读方式

阅读是以书面语言为对象的，但小学生尚未具备大量阅读文字材料的条件，因此，小学生的早期阅读大多是通过图画故事进行的，图画故事在情节与情节之间存在着一定的逻辑关系，画面之间前后有联系，便于小学生运用已有的知识和经验来理解图画故事的意义。从小学生的思维特点来说，主要以形象思维为主，而早期文学作品或儿童诗的语言形象生动，画面色彩鲜艳，活泼有趣，深受小学生的喜爱，很容易被小学生们接受。在早期阅读中，我们让小学生逐渐了解到阅读的基本程序，掌握阅读的一般方式方法。在指导小学生阅读的活动中，小学生自己学习按顺序翻阅，学习仔细观察画面细节，理解内容，并用手指指着，逐渐将听到的语句、词与书上的印刷符号对上号。在此过程中，养成了阅读的兴趣与习惯，并锻炼了初步的独立阅读技能，因此，早期阅读在小学生语言发展中有着独特的价值。

那么，早期阅读如何使小学生语言能力得到发展呢？首先，要为小学生创造一个良好的阅读环境。在班中设立阅读角，图书角，提供大量适合小学生阅读的材料，让学生在早读、午休、课间、离校前等自由时间，可以自己翻阅图书。其次，为小学生订阅大量适合其年龄特点的阅读材料或让小学生带来自己喜欢的各种图书。《小学生识字》《好儿童》《孩子画报》《小青蛙故事报》等等，如此之多的花花绿绿的图书呈现在小学生面前时，对他们是一种难以抗拒的诱惑，他们会争着去拿书阅读，大大激发了他们阅读的兴趣。第三，开发多渠道、多媒体的阅读活动，大图书阅读，半独立阅读，观看录像、投影、阅读延续活动、玩语言游戏等等，多种方式促进小学生语言能力的发展。

（二）早期阅读促进学生语感形成

叶圣陶先生说："语感是一种文学修养，使人们对规范语言的感受和语言运用中养成一种带有经验色彩的比较直接迅速的感悟、领会语言文字的能力。"朗读就是对语言的直接感受。好的文章应该尽量让小学生通过朗读来理解和领会。文章中准确、形象、生动的语言，必须通过朗读才能更充分地体现出来。文章读得越好，越能说明学生理解得深透并受到了感染，就如同站在作者的立场上替作者说一番话一样。因此，文章一旦被学生高声诵读就会变得好懂和易解。这就是所谓的"书读百遍，其义自见"。通过朗读，还可以使学生了解词句的各种结构，掌握词句的节奏。一篇词汇丰富、语言精彩的文章如果能反复朗读，达到琅琅上口、熟读成诵，书本的语言就会变成自己的语言，成为自己的储备和财富。一旦用到些词汇、句式、表达方法时，就会涌上笔端，运用语言的能力自然会大大提高。不少学生对文章中心的把握，词句运用的作用，只能意会不能言传，这就说明他们分析文章的能力不高，也就是"悟性"不高，这个悟性就需要在反复朗读中培养。例如：在语文中的一项训练中，给句子加上准确的标点符号，在这类练习中，就需要学生通过反复朗读培养语感，从而准确地找准标点符号，读准每一句话。总之，语感的培养有着丰富的内容和方法，而朗读即是提高学生的语言感悟能力行之有效的好方法。

（三）早期阅读能帮助小学生创造性地运用语言

在什么样的环境中说什么样的话，对什么样的交往者做出什么样的语言反应，这是小学生创造性地运用语言的一个方面，如在阅读延续活动中，《蚂蚁和大象》《淘气的金丝猴》《小猫钓鱼》等动画片，均有不同的人物形象，不同的故事情节，小学生在熟悉故事角色间对话的基础上，会创造性地运用语言，续编故事或创编故事。

（四）早期阅读促进学生思想和情感的交流欲望

阅读的内容耐人寻味，给小学生以启迪，能拨动小学生情感的琴弦，引导小学生在阅读中升华情感，度过美好的时光。小学生同文本真真切切地对话，获得的是激情的勃发和对生命的感悟，再通过感悟进入角色走进作者的感情世界，与作者产生共鸣，再结合自己的生活阅历，学会品味人生，感悟人生再辅之以朗读和对话交流，培养学生表达的欲望，促进学生思想与情感的交流。

第三节　阅读史概述

中国拥有着悠久的阅读传统，阅读史的探索对我们做好小学语文阅读教学研究具有重要的意义。

一、阅读史研究意义

中国是一个拥有着悠久历史的文明古国，同样拥有着悠久的阅读传统，这才使得中华数千年的文明基因得以延续下来。21世纪的今天，国家在大力倡导和推动全民阅读，构建社会主义和谐的书香社会。阅读史的研究对我国社会主义核心价值体系的建立具有重要的现实意义和深远的历史意义。近年来，我国学者已经开始初步尝试对阅读史作相关方面的研究。早在1997年，北京大学王余光教授针对阅读史与阅读文化就发表了一系列论文。2000年，在北京大学一场师生讨论会上，对阅读史与阅读文化、国外阅读史的研究状况、如何建设中国阅读史等一系列问题进行了热烈讨论，通过这次会议，对中国阅读史的撰写纲要框架达成了共识。2016年7月8日，中国图书馆学会第一届阅读史研究专业委员会在贵州民族大学图书馆召开成立大会。来自全国15个省（市、区）公共图书馆、高校、出版界等20名代表参加了成立大会。大会的成立对推动"全民阅读"和建设"书香社会"具有重要意义，同时推动了图书馆事业的发展。

二、阅读史研究主要内容

王余光教授在《中国阅读史研究纲要》中提出，中国阅读史研究应分为八个问题：

1.中国阅读史研究的基础：主要包括中国阅读史资料的集结和历代学人论读书、论读书方法、论读书的价值等。

2.理论研究：国外有王余光、许欢《西方阅读史研究述评与中国阅读史研究的新进展》，国内有王龙的《阅读史研究探论》等论文。

3.社会环境和教育对阅读的影响：首先是经济条件对阅读的影响，它是阅读文化产生和发展的前提和根本条件。其次是时代变迁对阅读的影响，一方面，阅读随着时代的变迁而变迁：另一方面，阅读又是历史传统的继承与延续。所以说，一部阅读史，正是在这种变迁与永恒的矛盾中展开的。再次是教育对阅读的影响，一个人受教育的程度决定了他的阅读能力大小，社会教育普及的程度也影响着整个社会阅读风气的形成和社会文化水平的高低。

4. 社会意识和宗教对阅读的影响：社会意识渗透社会文化生活的各个方面，也深刻地影响着人们的阅读心理以及对读物的选择，从而影响社会阅读状况。譬如历史上的专制制度曾使阅读陷入衰落，而在民主政治中，鼓励读书的文化政策却使社会阅读得到发展。宗教信仰的不同也同样影响阅读，不同的信仰产生不同的阅读兴趣和阅读选择。在中国，佛教藏书兴盛，也体现了宗教信仰对阅读的影响。

5. 文本变迁对阅读的影响：表现为统一文字、载体变迁、制作方式等问题对阅读的影响。

6. 学术、知识体系对阅读的影响：从书目查看历代知识体系的构成、变迁，可以看出阅读的变化。比如注释与翻译、工具书的改变都影响阅读。

7. 中国阅读传统：读书会使一个人变得有教养，也是一个人地位、权利的象征。这是中国文化传统和价值观的体现。"书中自有黄金屋""悬梁刺股""凿壁偷光"等故事自古激励过多少读书人发愤读书，其影响至今犹存。

8. 个人阅读史：个人的阅读习惯、阅读经历、思想价值观、生活习惯等都影响着个人阅读。

第四节　语文阅读教学方向

阅读教学是学生、教师、文本之间对话的过程，重点是培养学生具有感受、理解、欣赏和评价的能力。语文阅读的本质特征决定了教学内容的情感性、阅读思维的情境性、知识技能的实践性、教学方法的多样性和教学语言的示范性。结合笔者的实际教学经历，对小学语文阅读教学的目标和原则进行新的细化和解读。

阅读是语文教学的主体，是培养学生的说话、识字能力和学习语文的主要途径及凭借。提高学生的阅读能力，拓宽学生的视野，丰富学生的知识，是阅读教学的当务之急。新《语文课程标准》也指出："要让学生充分地读，在读中整体感知，在读中有所感悟，在读中培养语感，在读中受到情感的熏陶。"具体地说，我们在小学语文阅读教学中须把握以下原则和目标：

一、在阅读中培养学生情感

这是阅读内容的情感性决定的。语言是一种工具，这是人们的共识，但是我们更应该强调语言工具的功能本质，即表情达意。以语言文字为表达形式的各类文章，特别是诗、词、歌、赋、小说、剧本等文学作品，其中无不蕴含着作者对人、事、物强烈的思想感情和主观态度，无不以情动人、以情寓理，这是语文阅读教学在教学内容上与数理化等其他学科教学的显著区别。欲使语文阅读教学生动活泼、富有感染力，激发学生学习语文的兴趣、愿望，从而产生学习语文的内在动力，必须在阅读教学中突出情感因素，以情动人，教出情味。不论是教写人的还是记事的文章，抑或是教说明文或议论文，都应该引导学生领会、体验课文的语言形式所传达的作者的憎爱之情、褒贬之义，使学生在情感体验过程中理解字词句篇的含义和作者运用语言的技巧。

从另一个方面来讲，由于学校的教学资源有限，从而导致学生的阅读层面受到限制，故此要拓宽学生的阅读层面，学生之间就应该学会分享。故此，我们还要引导那些书籍或者阅读材料较多的学生将自己阅读过的书籍拿回教室进行分享，拓宽其他同学的阅读层面，从而解决由于教学资源限制而导致学生阅读层面不大的问题。而且分享也是一种美德，学生之间学会分享也会大大增进他们之间的友好关系。

二、在阅读中激励学生思维

这是阅读思维的情境性所决定的。阅读教学过程中思维训练的规律与其他学科有根本的不同。语文阅读教学中的思维训练则是直接通过语言训练来实现的。用语言教语言是语文阅读教学的基本表现形式，语言本身不只是传授知识的媒介或凭借，更主要的是教学内容。学生接受、理解课文语言所传达的情感信息，不论是感性的还是理性的，首先需要通过感知、体验、联想、想象等思维活动方式进入情境，才能真正领会和理解。阅读教学的这一特殊规律要求阅读教学尤其是记叙文和文学作品的阅读教学必须贯彻情境熏陶、激励思维的原则，同时也赋予了阅读教学过程中思维训练的特定内容和形式，即以具体可感的形象、画面、声色、情态、情节、场面等，引导学生进入课文情境，激励学生思维，使其产生思维乐趣。

三、在阅读中联系学生生活

作为口头语言和书面语言的合称的语文，是听说读写的工具，以语言文字为表现形式的课文是现实生活的反映。因此，语文知识和语文技能与人们交际的需要密切地联系着。所以，阅读教学艺术的根本目的和出发点也应该是不断激发学生学习语文的需要，使其产生学习语文的内在动力。

阅读教学不能为教课文而教课文、为教知识而教知识，必须紧密联系日常生活实践，特别是读写听说活动，把课文中蕴含的语文知识和语文技能活化为呈现在学生面前的一盘盘美食甘味，使学生真正认识到"学属所需""学有所用"，从而产生学习语文的浓厚兴趣，主动自觉地去获取知识，并积极运用所学知识，发展自己的语文能力。如一位教师讲《落花生》一课，针对学生普遍感到作文选材难这个问题，自始至终围绕作文选材进行讲读，使学生认识平时留心观察和勤于积累是获得写作素材的重要来源。一堂课讲得生动活泼，学生学得津津有味。

四、在阅读中选好阅读方法

阅读教学往往是教师事先设计好问题，学生被动回答的过程，学生自己想的东西很少。这就使学习陷入被动，不能培养学生积极思考的能力。新课程标准中指出："阅读教学是学生、教师、文本之间的对话过程，使用教材，而不是教教材。"因此，阅读教学的基本模式为：初读课文—感知课文内容；精读课文—学习重点段；品读课文—走出课文，扩展视野。从中看出，"读"是阅读教学的精髓，读是阅读教学的生命线。要让学生理解地读、传情地读，读出韵味，读出感情，从读中真正体会到祖国语言文字的优美。

五、在阅读中重视口语艺术

这是阅读教学语言的示范性对语文教师的起码要求。语文教学的基本手段是教师以自己活的语言向学生传授知识，培养语文能力，进行思想教育和审美教育。即使在现代化教学手段普遍应用的时代，语文教学这一基本方式和特点也是不会改变的。从这个意义上说，语文教学，尤其是阅读教学，永远都是语言运用的艺术。

阅读内容的情感性和阅读思维的情境性要求阅读教学中教师的教学语言必须准确、鲜明、生动、形象、富有感染力，同时又具有清晰严密的逻辑性，能够再现作品中的形象和画面，成为作品中的语言文字所叙述、描写的形象、画面的艺术再创造，从而能够引起学生的联想和想象，帮助学生理解作品。因此，在阅读教学中，教师不论是讲解、描述还是复述，其语言都应当活泼新颖、富有情感和魅力，讲究口语艺术，使自己的教学语言本身就成为学生学习的典范。

总之，情感、思维、需要、方法、语言是构成阅读教学艺术的五个基本要素，它们互相联系，相互作用，交叉渗透，缺一不可。在整个阅读教学过程中，学生由语言感知课文传达的情和意，引起大脑神经系统的思维活动，理解知识和获取知识，并不断产生学习新知的需要，进而推动其更加自觉积极地学习。

第二章　阅读现状知多少

　　阅读教学是语文教学中十分重要的一部分。作为一种艺术性和工具性结合的科目，阅读是不可或缺的。但由于应试教育、教师、家长及学生自身观念等诸多因素的影响，阅读处在很被动的境地，导致当前小学生阅读现状令人担忧，因此，加强阅读势在必行。

　　古往今来，无数中外名人都在强调着读书的重要意义。在21世纪的今天，作为工具性与人文性统一的语文课程，更应借助阅读的开展和指导，培养学生多方面的能力，提高学生的品德修养和审美情趣，积淀学生人文底蕴，逐步养成良好的个性和健全的人格，促进人的和谐发展。语文阅读是学生学习语文的有机组成部分，对提高学生的人文素养起着至关重要的作用。

　　小学语文新课标总目标指出："在语文学习过程中，培养爱国主义感情、社会主义道德品质，逐步形成积极的人生态度和正确的价值观，提高文化品位和审美情趣。""具有独立阅读的能力，注重情感体验，有较丰富的积累，形成良好的语感。学会运用多种阅读方法。能初步理解、鉴赏文学作品，受到高尚情操与趣味的熏陶，发展个性，丰富自己的精神世界。能借助工具书阅读浅易文言文。九年阅读总量应在400万字以上。"其中，低段课外阅读总量不少于5万字，中段课外阅读总量不少于40万字，高段课外阅读总量不少于100万字，即每学期应达到25万字，相当于高年级的语文课本5本书左右。很明确，新课标把指导学生的阅读实践和培养学生的人文素养紧紧结合起来，为我们指明了语文教育的方向。

　　加强学生阅读的教学是毋庸置疑的，但目前的阅读现状上由于地域、经济、思想、应试等多方面对影响这样的教学及目的表现得并不是十分理想，因此笔者认为应该从实际出发，抓住现阶段阅读现状的具体表现，做到对症下药才能从根本解决阅读问题。

第一节　阅读现状

据调查，中国的小学生阅读心理年龄相对比较小，阅读习惯和能力长期处于养成阶段，问题主要出在阅读的途径、阅读的氛围、阅读模式的变更、阅读指导断档和缺少个性化服务的图书馆等方面。

笔者在调研过程中发现，以上问题在城镇和农村表现均不相同。两者相较，城镇的小学阅读无疑在阅读资源上具有更好的优势，但这种资源优势并未让教师、家长以及学生合理地运用，反而因为城镇物质条件的优越带来的阅读形式多样化，在一定程度上成为了影响学生正常健康阅读的因素。而在资源相对匮乏的农村，学生的阅读自主性更高，目标性更加明确。尽管在资源上出现了城乡反差，但二者在阅读兴趣、阅读教学理念、教师水平等因素上有着不同层次的问题。笔者通过调研与总结，将小学阅读的现状归纳为以下方面：

（一）阅读习惯长期处于养成阶段

学习效率高的人，往往都有极好的阅读习惯，而这种阅读习惯，在小学时期养成是极为重要的。小学是一个人学习生涯的基础阶段，也是最重要的一个阶段，这个阶段中阅读习惯一旦养成，便会伴随孩子一生，并使孩子受益一生。但是，学生的阅读习惯培养却并非易事，很多小学生的阅读习惯长期处于养成阶段，难以真正将阅读作为自己生活的一部分，究其原因，主要学业压力导致时间不足、选择书籍不当造成阅读兴趣不浓、无人指导使阅读思考浅薄、家庭藏书不足致使阅读活动难以为继。

（二）尚未形成良好的外部阅读环境

1. 家长、教师影响

影响孩子阅读习惯和能力的最重要的因素之一是家长。许多学生对阅读缺乏自主性和主动性，是因为不知道该看什么，更不知道什么时候该看。家长应该从小做好引导的工作，鼓励小学生自己搜集自己感兴趣的书籍，自己安排合理的阅读计划。

另外一个重要的方面则来自老师。众所周知，学生教学任务中的必读书籍、必背文章、必背句子，看似多门多类的学习任务其实只是格式化地向前迈步。老师要明白，先要通过丰富孩子的选择，然后才能丰富孩子的兴趣，最后才能丰富孩子的阅读能力，这样不管是实力派、婉约派，情感类还是实际类的文章，都会慢慢进入孩子们掌握能力的范围之内。

2. 为读者提供个性化服务的图书馆缺乏

除了家长和老师，图书馆则是学生接受阅读引导的另一重大渠道。虽然图书馆的书籍有成千上万册，但大多数来图书馆的学生都是迷惑的，不知道看什么类型的书。面对如此一个大型的书库，他们既没有准备，也没有方向。这就是"pickup"，捡起的书。这些书，要么一开始吸引读者，但是没有益处或者让读者马上失去兴趣；要么能让学生沉迷其中，例如小说等等。因此，图书馆就像大海，个性化服务就是航海针。适当的推荐，合理的引导，才能让图书馆发挥其最强大的力量。

3. 现代传媒的负面影响

现代生活已经离不开各种媒体，看似丰富了人们的闲暇生活，为人们提供了多样的娱乐和消遣。但是，现代传媒对小学生的负面影响是不可忽视的。如果家长不能及时有效控制孩子沉迷其中，那么这些媒体就会大量消耗孩子们的时间和精力。比如现在电视上流行的各种娱乐节目，功利性很强，几乎没有针对小学生生理特点和认知程度开设的节目，尤其是科普类节目少之又少，于是，孩子们和成人一样追剧，沉迷娱乐节目，追捧网红……而这些几乎不用动脑筋的被动接受知识的行为，常常会造成孩子浮躁、麻痹、浅薄，难以静下心来进行平面阅读，甚至影响到孩子们的人生观和价值观的形成。更有甚者，很多影视剧对语言文字的使用存在错误，对历史缺乏考证，造成了小学生在知识积累上出现误差或是错误。

4. 社会和家庭阅读氛围的缺乏

受功利思想的影响，部分家长认为阅读无用，耽误时间，他们认为只要完成了老师布置的课外作业就可以了，没必要去做一些"无用功"，甚至是反对孩子进行课外阅读，这种错误思想对小学生的学习和进行课外阅读带来巨大的负面影响。同时，在生活中，很多家长没有读书的习惯和欲望，因此家中的藏书特别是适合小学生阅读的读物少之又少，当孩子有了闲暇时间，这些家长自然无法要求或是督促自己的孩子去博览群书，孩子的阅读量小，阅读面窄，其阅读能力自然很差。

（三）阅读资源难以得到有效保障

1. 小学生课外阅读资源匮乏

学生阅读的书籍中作文选、故事书、漫画书占87%，而纯文学和科普类的书籍只占13%左右；家庭藏书量在二十本以内的仅占32%，还有13%的学生家庭藏书在十本以内。有的家庭，尤其是贫困的家庭，孩子除了教材以外再也找不到一本可读的书。课外阅读的资源不仅在数量上匮乏，而且在质量上也存在着很大的提升空间。

2. 农村阅读教学资源匮乏

农村小学受农村经济的影响，无法像城市小学那样拥有自己的图书馆，即使有图书馆却无图书，这就造成了小学生阅读资源的匮乏，阅读内容单一、阅读方法单一，很多小学生只有一本甚至除语文教材外根本没有一本课外读物，造成小学生的阅读量非常有限，这也就制约了小学生人文素养和科学素养的提高。在农村小学生的书包里，往往只有教材和练习册。课堂上，教师拿着教材，照本宣科地向学生传授知识，课下，学生就拿着练习册巩固知识。

3. 小学生阅读时间资源没有保障

调查显示，有35%的小学生课外阅读时间为0；坚持每天读课外书1小时以上的学生只占16%左右；在回答"你每天都读课外书吗"的问题时，有35%的学生每天不读课外书。很显然小学生的课外阅读时间不足。阅读在一定程度上就是一种时间堆积行为，因此时间资源的充足与合理利用就是一个问题。目前要完全改变教育大环境的影响并不现实，只能在各校的实际教学任务与现状上做到合理的调整与家庭的有效配合。

（四）阅读方法的有效指导不到位

1. 阅读指导不当与阅读引导不足

对于阅读的方式，仅有26%的学生是认真地读完整本书，42%的学生只是随便翻翻；在读书的过程中会写读后感仅有7%，不做任何标记的竟有23%。从结果可以看出，大部分学生还没有掌握正确的课外阅读的方法。

小学生，依赖于父母的方向性决定，因此父母需要正确的方向引导。但是事实上，父母多注重于孩子学龄前的引导和教育，而忽视了孩子的学习中的引导。父母往往以为孩子积累了足够的阅读经验，缺乏引导的孩子突然失去了长久以往的依赖，而要直接接受另一种阅读方式，这种转变是需要过渡的时间和条件的。家长的勇敢放手，孩子的阅读能力将有很大程度的提升，但是接受能力差点的孩子，可能就很难养成一个良好的阅读习惯。而等到了中年级，阅读中掺杂了更多的功利性和目标性，缺少了阅读方法和阅读技巧的引导和教育，以及阅读心理的指导和研究，将会导致中年级学生阅读知道的断档。

此外教师对小学生的阅读引导不足，小学生尚处于人生发展中的起步阶段，对事物的认知不全面，判断能力有限，难以有计划、有方法地进行语文阅读，在选择阅读书籍时会陷入误区。然而，从目前的语文阅读教学来看，教师对小学生阅读的引导严重不足，没有对小学生在选择书籍时提供建议，许多教师对小学生阅读情况重视程度不足，没有对学生的阅读进行合理干预和指导。

相对于城镇的阅读教学不足，农村阅读教学所存在的问题表现为语文阅读教学方式单调。

农村小学由于受经济的影响，社会不够重视，教学经费通常严重不足，致使教学设施不够完善，教师的教学方式还停留在原始的"说教式教学"，远远达不到国家要求的"智能教育"。教师的教学资源有限，其教学方式也很单调，在课堂上一味给学生灌输知识，这会使学生觉得学习语文很枯燥，也抑制了学生学习的积极性。这就要求农村小学语文教师转变教学方式，利用现有的教学资源丰富课堂教学内容，激发小学生的阅读积极性。

2. 教师缺乏指导和督促

很多教师在小学语文阅读教学中，主要是进行"填鸭式"教学，一味地讲，迫使学生进行被动地听，进而造成课堂阅读教学效率低下。同时教师也忽视了新课标所倡导的自主学习和自主探究等理念，在对学生布置课外阅读任务时，只是提出相应的要求，给出所谓的"参考答案"后，让学生抄下来，让学生只知其然，而不知其所以然。对学生的课外阅读只是形式上的"做做样子"，不能进行相应的阅读指导或是提示，缺少阅读作业的检查等。这样会影响到学生的课外阅读活动的有效开展，也会影响到学生们进行课外阅读的效果。造成了一些学生没能养成良好的课外阅读习惯，相应的课外阅读能力较差等。

（五）作文的要求常常影响着学生的阅读兴趣

阅读和作文可谓是"唇齿相依"，不可分割，没有了阅读，写作就如同无源之水，终将枯竭；离开了写作，阅读就好比没有航标的航船，做毫无意义的航行。因此，只有通过阅读，学生才有自己进行创作的原始动力，只有通过阅读，学生才有了自己的创作能力不断提升的工具，反过来，也只有学生自己创作，才有了更进一步的阅读和提高自己写作水平的欲望，所以这两者始终是分不开的。但是，在实际语文教学中，很多老师没有处理好二者的关系，特别是作文的一些功利性的要求严重影响了学生阅读的兴趣。

1. 教师在学生阅读的时候，要求为作文摘抄大量的好词佳句、名言警句，这些做法，不是从学生自身的审美和阅读的需求来进行的积累，而是教师一厢情愿地"喂"学生，收效甚微，甚至干扰学生的自主学习。

2. 教师评价作文的标准比较单一，学生说真话、述真情的文章，常常因为立意不够高，字数未达到要求而被批评，学生通过阅读建立起来的独特的表达方式和心理需求，都因为作文的评价标准被否定。

3. 在习作教学中，教师常常会出示自己认为好的范文让学生阅读，可是，因为范文出示的时机不当，干扰了孩子们独立思考，导致全班学生作文都是一样的思维，出现"千文一面"的状况。

（六）语文阅读教学的陈旧方式影响了小学生阅读能力

虽然课堂教学改革一再强调，把课堂还给学生，让学生实现自主学习，然而我们看到，很多的语文阅读教学的课堂仍然是以教师为主体的"一言堂"，课堂上主要是以教师讲解为主，学生只能被动地接受，大大忽略了学生主体性的地位。这种教学方式极大地打击了学生学习的积极性，使学生感觉语文学习枯燥又乏味，从而对阅读教学失去兴趣，也让学生在课外没有独立阅读的兴趣和能力。

通过调查研究我们发现，11%的小学生在双休日读课外书，剩下的89%的学生做其他事情，其中有62%的学生在家看电视或者玩游戏。通过提出"你读课外书是谁的要求"这个问题，是要了解学生读课外书的真正原因和学生对课外书的态度。结果75%的学生回答读课外是家长、老师的要求；仅有19%的学生是根据自己的兴趣来读书的。随着科技的不断发展，小学生的日常生活渐渐被现代电子产品占据，在不少学生的世界中，语文阅读对他们来说只是教师布置的作业，父母强加的功课，因此许多小学生存在阅读急功近利的心态，读书只是为了完成任务或者是获得教师和家长好评；一些学生甚至对语文阅读产生心理障碍，无法享受到阅读的乐趣，厌恶阅读。这些现象表明，小学生缺少对语文阅读重要性的认识，没有养成爱好阅读、享受阅读的好习惯。

（七）忽视了学生的个性化阅读

目前在小学语文阅读教学中，语文教师忽略了培养学生的个性化阅读，学生在课堂上自主思考的机会太少，教师往往会以自己的经验去引导学生理解感悟所要学习的文章，而不是给学生独立的空间让学生自己去思考并发挥想象，从而深入地领悟和体会文章的内容。

（八）学生阅读总量偏少

《义务教育语文课程标准》中虽然明确提出了小学生课外阅读量不少于150万字的要求，但是由于现阶段我国小学对学生的阅读投入较少，学校藏书量少且种类单一，无法为小学生提供良好的阅读环境。从语文教学活动来看，许多教师没有把语文阅读教学落到实处。此外，家庭教育对小学生阅读习惯的培养不到位。这一系列因素导致小学生阅读总量偏少。

（九）农村教师与语文课堂因素

1.教师跟不上时代的要求

当今社会，国家需要一批高素质、高知识化的人才，农村小学教师素质的低下，间接地影响了小学生素质的提高，也制约着农村小学语文阅读教学质量的提高。教师是学生成长成才路上的方向灯，是学生航海的掌舵手，本着为学生负责、为国家负责的态度，教师要积极钻研科学文化知识，提高自身的综合素养，用自身的行为举止去潜移默化地影响小学生，提高农村小学语文阅读教学的成果。

2.语文阅读教学课堂拘谨

农村小学由于教学资源有限，其教学方式仍沿用传统的以教师为主的教学方式，教师站在讲台上讲，学生坐在课桌上听。这种传统的教学方式拘谨、呆板，让小学生觉得教师的地位高高在上，不敢提问，压制着小学生的想象力。此外，这种传统的教学范式课堂氛围不够活跃，小学生天真的童心、丰富的想象力，很难在阅读的海洋中展翅翱翔。

第二节　阅读教学问题

小学阅读是培养思维的开始，是获取信息的基础。在整个小学语文教学中，阅读教学一直以来都是小学语文教学的重头戏，在多种思潮的影响下，小学语文教师铆足了劲对阅读教学进行探索。新课程确定了语文学习的五大领域：识字与写字、阅读、写作、口语交际、综合性学习。然而，小学语文阅读教学仍然饱受诟病，被批评最多的就是高耗低效。影响小学语文阅读教学的问题是复杂的、多方面的。有教育外部的，社会的原因，也有教育内部的，自身的原因。

一、存在问题综述

阅读教学是指的是在教师的指导下，学生主动进行阅读实践，并在阅读实践中逐步形成和提高阅读能力的过程。在小学语文课中，阅读教学占用的课时最多，教师在阅读教学上投入的精力也最大。阅读教学的质量，直接影响着学生写作水平好与不好，在很大程度上决定着语文教学的质量，关系到小学阶段语文教学目的能否实现，教学要求能否全面达到，关系到语文教学的全局。

当前小学语文阅读教学正积极倡导实施教学改革，更新教学方法的新理念。然而，小学语文阅读教学是许多小学语文教师深感头痛的难题，现状堪忧，对策难觅。我们不断反思，阅读的本质该是什么？阅读活动该是一种什么样的活动？是什么原因造成了阅读教学甚至语文教学陷入了平淡，无效的境地？语文课程为什么一直没有打破让学生读一本教材，然后大量做各种习题的怪圈？为什么花了那么多时间和精力学习语文，仍然存在以下现象？

读不深。一篇文章拿到手，肤浅地朗读、记忆，理解词句也只限于表面，没有深层次地去挖掘，不理解，不明白文章的精髓。阅读浮于表面。如在教学《荷花》

一课时，我开课给孩子们讲了一个关于荷花的美丽传说。他们很感兴趣地将课文阅读完，然后教授生字词，再进行解读文本。孩子们明显力不从心，荷花的娇艳，荷花的高洁，荷花的品质等等，他们很难感受语言文字深层的一面。

写不出。每一次的习作教学，老师把孩子们的兴趣激发起来，教会写作方法，带他们去观察，去采访，去想象，再让孩子们下笔。结果却不尽如人意，孩子们的词句平平，语言积累贫乏，想得到的却无法用语言表达出来，这是个令老师们头疼的问题。老师解读文章的深入欠缺。在阅读教学过程中，老师因多种原因，在细读文章方面还是不够深入，在实际的教学过程中，表现为：一是老师不会细读文章。这样的老师只会按部就班地依照参考书的建议层面理解教材，不能把理解的角度立足于小学生去研读，细细品味文章。二是个别老师依靠外来信息细读文章，不能独立地完成细读工作。在老师的周围存放着许许多多的文字的、音像的参考资料、教学设计或者从网上收集来的资料等。我们知道，作为老师，要上好一节阅读课的前提，自己要先充当小学生去认真地研读教材，去体味作者的情感，与其共鸣，在真正理解文章的基础上，再"走出来"，依据教学大纲及目标，与课文特点、思考练习相结合，从小学生的角度，确定阅读训练的重点内容。在未经过研读文章之前就去翻阅外来的各种参考资料，有可能就会在学习前迷失方向，使学生不能真正地去阅读理解文章。

无个性。在阅读教学过程中，语文老师经常会将自己对文章的想法与理解强加于学生身上，桎梏了学生对文章的思考、理解。从学生的角度来说，阅读不只是简简单单地读文章，而是与文章心灵上的对话、情感的沟通，进一步说就是阅读者与作者在情感上、心灵上互相碰撞、互相交流的过程，阅读有小学生个性化的成分，老师不应该一味地替代他们去感受、领悟。放开学生们的思想，让他们自己大胆地依据自己的思想去理解与思考，对课文的内容允许学生用自己的认知、情感世界去体验、交流，让他们从中获得思想的启迪，情感的升华，享受到阅读之趣。

不积累。在长期的语文教学中，锻炼培养小学生阅读及分析文章的能力一直是我们教学的重点，然而我们往往忽略了积累语言的重要性，语言方面的训练更是无从谈起。一直以来小学语文教学有这样的误解，认为学习语言只要理解了，就会运用了，在实际中真正做到积累的寥寥无几，会灵活运用的就更少了。

走过场。合作式学习是当前语文教学有效的学习方法，它能够很好地促进学生之间的交往与合作能力方面的培养，也是时下较为流行被界内认可倡导的主要学习方法之一。部分老师的观念中，在新课改的热潮下，教学实践就是让学生去分组讨论，在这种情形下才能体现新课改的理念，在课上，无论问题是不是有讨论的价值，也无论时间是不是充沛，讨论时机是不是成熟，老师一声号令，小学生立即进入讨论"战备"，随即形成"围合"，三小群，俩儿一伙开始进入了合作讨论学习，几许过后，老师又是一声口令，讨论结束。分析其过程，本来没有合作讨论的必要，也没有看到其中的分工协作，究其实质就是一场简单的讨论会，合作式学习成为形式、过场。

二、小学阅读现状

（一）课件滥用充场面

在现代教育技术日益发达的今天，多媒体以其图文并茂、声像俱佳、动静皆宜的特点在小学语文教学中发挥着重要作用。时下，小学语文阅读课，尤其是公开课，许多教师都认为不用课件就不是一堂好课，有些地方赛课，不用课件就评不上奖。在课件热闹的氛围下，无论哪一级别的公开课，只要有条件的就一定会用课件，而许多课件无非起到了小黑板和挂图的作用；有些课件做得花里胡哨，反而分散了学生的注意力。如复习课文中的词语，一位教师利用课件将其做成各种各样的鱼，教师点击之后就出现一个词语，然后请学生读词语。请问教师如此兴师动众有必要吗？不就是读词语吗？直接读不就行了吗？简单问题又何必如此复杂化？

另外，小学语文教学与其他学科有着本质的区别，它重视学生与文本对话，通过学生的阅读、品味、理解、感悟产生独特体验。课件使用不当，反而有碍于学生的思维发展。课件只能是小学语文阅读教学的辅助手段，而不应成为充场面、讲排场的手段。课件只有有利于解决阅读教学的重难点，实实在在为学生服务才能显出它的价值。

（二）活动花哨迷人眼

由于语文新课程对跨学科的重视，小学语文阅读教学便出现了各种各样的活动，如画、唱、跳、演等等，可谓是十八般武艺全用上，煞费苦心，弄得人眼花缭乱。好好的语文课变成了表演课，课堂是变得热热闹闹、学生也学得"不亦乐乎"了，可这样的语文课还姓"语"吗？学生的语文素养能提高吗？

如理解"高耸、低陷""山峰、山谷"这几个词时，让学生拿出笔在纸上画一画，再在图上标一标，无须多言，学生便能一目了然，像这样省时又高效的学科间的整合才是必要的。学科间的整合也应注意恰到好处、恰如其分，开展和语文无关的活动，阅读教学将失去自我，成为表演的舞台。语文教学是要开展一些活动，但是花架子、和语文学习无关的活动不应充斥我们的课堂。

（三）不甘冷场放声读

现在的语文教学课堂，朗读之风盛行。教师采用自由读、分组读、齐读、对读、引读等各种形式的读。为了表现出课堂气氛活跃，学生学得生动活泼，教师花大力气引导学生放声读。尤其是公开课，教师生怕课堂静下来出现冷场，于是大多采用出声读的形式，"书声琅琅"成了他们课堂值得炫耀的亮点。

《语文课程标准》指出"各个学段的阅读教学都要重视朗读和默读，加强对阅读方法的理解。"默读有助于学生用心与文本进行跨越时空的无声对话，有助于学生产生独特的体验、迸发思维的火花。学习课文，放声朗读一般来说放声朗读应出现在刚接触课文或对课文有了自己的理解感悟后。对课文有了自己的理解感悟后再放声朗读是为了通过有声语言体现自己对文本的理解感悟。而要想真正进入文本，产生自己独特的体验，最好也是最有效的方法就是默读，对高年级学生尤其如此。让学生学会静思默想、让课堂暂时"冷场"吧！

可以说，默读能力对于生活在信息量与日俱增的现代社会中的学生来说比朗读更重要。现代人必须善于默读，善于在默读中思考、比较、鉴别。小学语文阅读教学应呼唤默读教学的回归，让学生学会静思默想，让学生成为富有文化底气的读书人。

（四）作业被挤出课堂

虽然上级三令五申要为学生减负，但小学生仍普遍感到课业负担过重，这与我们的阅读教学有一定关系。有的教师唯恐学生这里不懂那儿不能理解，于是一些自认为是精华的句子左分析右讲解，放弃了让学生背诵积累的时间，低年级的孩子写字不能在课堂上完成，导致一些孩子的字间架结构不正确，学生握笔姿势不正确。随着下课铃声的响起，教师开始布置作业。这作业便成了孩子可见娱乐的"死对头"，它占去了孩子玩耍放松的大好时光。虽然孩子人在教室写作业，可心早已飞到了教室外。学生的作业由此造成了字迹潦草、正确率低下等后果。最好的办法就是在阅读教学中穿插几分钟做作业的时间，或在课堂上留几分钟写作业的时间，尤其是低年级的孩子，写字作业一定要在课堂上完成，在教师的行间巡视下完成，让每一个孩子都养成良好的书写习惯。课后就留给孩子们多看看自己想看的书吧！

（五）教师无视学生阅读自主性

长期以来，教师在阅读教学中为了赶时间或省心省事，常常无视学生的自主性。老师拿着教学参考资料，根据作品的时代背景、作者介绍、分段分层，概括段落大意和主题思想，分析作品的写作特色，一路介绍下来，只是生硬地肢解了作品。在这样的阅读教学中，学生是被动的接受者，接受的是老师对作品的解读，而不是学生对作品的自主阅读。实际上，教师在教学过程中应该充分发挥学生的自主性，注重学习方法的指导，放手让学生做力所能及的自主学习。如学生学会拼音这个识字工具后，就应该给学生充分的时间借助课文注音把书读通读顺。为加深对课文的理解，教师应该是点拨、启发、激励学生，重点把更多的时间让给学生阅读、理解、品味、感悟。

我们每个小学语文教师都要牢记小学语文教学是母语教育，我们肩负的任务是提高学生的语文素养，为学生的全面发展奠定亮丽的底色，让小学语文课堂真正回归本质吧！

三、小学语文自主阅读现状

新课改以来，自主阅读的新理念犹如一颗"革故鼎新"的种子渐驻人心，并在人文教育的春风吹拂下孕育，吐苗，逐渐成长，语文课堂教学中不断呈现出生机盎然的新气象。然而，一些不可避免的问题也如同"漂亮的泡影"暴露在我们的面前。阅读教学的最终目的就是要让学生养成良好的自主阅读习惯，为学生的终生学习服务。分析学生自主阅读的现状，探求其中的原因，寻找提高学生自主阅读的有效策略，对提升学生的语文素养和推进新课改的进程有着重要的意义。

（一）自主阅读流于形式

自主阅读是指学生在明确学习任务的基础上，自觉、自主地进行学习，并努力使自己完成学习任务的一种方式。

《新课程标准》指出："学生是语文学习的主人。语文教学应激发学生的学习兴趣，注重培养学生自主学习的意识和习惯，为学生创设良好的自主学习情境，尊重学生的个体差异，鼓励学生选择适合自己的学习方式。"而今，虽然新课改开展得轰轰烈烈，"自主合作探究"的新型学习方式已越来越被大家所认同，但是，如果深入到语文课堂第一线，你会觉得许多的"自主学习"只是流于形式：

1.表现在公开课上。公开课前，教师精心准备，并将在课上讨论的问题提前告诉学生，学生为了配合教师把课上好，课文不知读了多少遍，问题不知思考了多少遍。公开课上，教师变着法儿追求阅读教学感官上的活跃生动，心不在焉地点头赞许夸奖，学生热热闹闹地无聊回答，左顾右盼地等待教师的叫停，这样的自主阅读变了味，成了作秀的表演平台。

2.表现在平常课堂上。在平常的教学中，有的班级、学生根本就没有课前预习的习惯，再加上课堂上教师没有留给学生充足的时间，学生刚刚进入到自主学习的情境，教师就匆匆收场，学生缺少潜心阅读课文的机会，缺少积极主动的思维和情感活动，感受、体验和理解自然就肤浅，学生所进行的自主阅读，仅仅是了解了课文内容，而对语文方法探究、文本内涵的理解却涉及甚少。长此以往，学生在自主阅读时懒得去动脑动手，反正待会儿老师还要告诉准确答案呢！这样的自主阅读完全成了一个供人观赏的花瓶——中看不中用。

（二）"度"的把握时左时右

1. 极右。主要表现在：对待学习主体"虚假的尊重"。许多教师总是站在成人的高度，怀疑学生的能力，唯恐放得太多，学生会出乱。课堂上，学生的话语权、自主阅读的权利无形地被剥夺，即使学生想发表自己的不同看法，只要和教师的答案不符，教师就会千方百计地加以引导，直到把学生拉到自己的"正道"上来。教师享有话语霸权，长此以往，学生只有言听计从，丧失了自主阅读权，思维受到了禁锢。

2. 极左。主要表现为：教师引导出现偏差。"课标"赋予"教师创造性使用教材"的权利，自从教师摆脱"教教材"的被动束缚而获得"用教材"的主导权利之后，一股贬低教材、蔑视教材的风气正日益蔓延。许多教师在谈论到"用教材"的时候，经常数落教材的问题，感叹教材的粗俗。不少的人把叶圣陶老前辈说过的"文本无非就是个例子"的说法，发展为如今的"教材也无非是个例子集"，于是便出现了诸多"正餐不食吃零食"的语文阅读教学的噱头。

一次，我到学校二年级观摩《动手做做看》一课，学生初读课文后，抓住主人公伊琳娜从"生气"到后来"兴奋"的心情变化，让学生围绕"伊琳娜为什么一开始'生气'了，后来又'兴奋'了呢"这个问题开展自主阅读，继而进行讨论，学生对生气的原因众说纷纭，相当一部分学生说是因为金鱼放到水里水漫出来了，和朗志万科学家说的不一样。教师又引导学生思考："看到水漫出来的时候，伊琳娜会觉得怎么样？"学生说很稀奇。然后教师就"哎呀，和朗志万叔叔说的不一样，水漫出来了"这一句，让学生围绕着"稀奇的语气该怎么读"展开讨论，并让学生去自主练习，结果学生你一言我一语说得很认真，练得很投入，稀奇的语气读了近半节课。实际上，本课的重点应落足于让学生领悟凡事不能轻信盲从，要善于动脑，勤于动手才能获取真知。显然，教师对教材并没有深入地研究，而只注重了对学生自主学习的追求，以至于阅读教学的关注点出现了偏差，甚至被学生"牵着鼻子跑"还浑然不觉，这样就出现了耗时低效的课堂教学噱头。

（三）"缺乏责任感"的阅读状态

由于社会和家庭的传统教育的种种影响，许多学生缺乏学习的"责任感"，表现为：①"懒"。过重的学业负担，索然无味的教育方法，过度呵护的关爱，导致一部分学生养成了懒惰、厌学的不良习惯；②"赖"。严重依赖家长教师，习惯于听命而不是自主。③学而不思。迷信于"书读百遍，其义自现"，学生多种形式读来读去，却缺乏深入的思考与交流，感受、体验、理解都浮在面上，个性化的解读难以闪现其光芒。④思而不学。学生尚未好好解读文本，就忙于各种交流，离开了文本的解读去空谈、泛谈，所谓的"自我体验""独特体验"变得不着边际。

综上所述，造成自主阅读现状的成因是复杂的。只要我们在教学实践中不断地探索和研究，就一定能走出自主阅读的误区，将自主阅读进行到底，从而提升学生的语文素养和推进新课改的进程。

三、小学阅读教学常见问题和可喜变化

（一）小学阅读教学常见的问题：

1. "保守式"策略

"保守式"策略——以教师讲解替代自读自悟。其特点是：塞—表面顺畅，缺乏深度。课堂呈现出与新课改不协调的陈旧色彩：初读不足，匆匆过场；品味不足，囫囵吞枣；欣赏不足，走马观花。语文课堂不扎实训练，表面上顺顺利利，实质上教师牵着学生的鼻子往前赶。学生缺乏充分的感知基础，缺少真正的感情投入，缺失必要的个性体验，更缺乏深度思考的时间和质疑问难的机会，只有一味地记记记、写写写、背背背。

2. "现代化"策略

"现代化"策略——以课件演示替代诵读领悟。其特点是：空—训练落空，虚以应付。课堂语言训练不到位。脱离文本自由谈，课堂上少了琅琅书声，少了静静聆听，少了款款书写，频频多媒体演示使学生迷失了方向。也许，现代教育技术的应用会给学生带来最快捷、最直接、最形象的视听感受，然而，在这样的快捷、直接与形象体验中，孩子最广阔无边的想象能力很有可能便被扼杀了，最直接有效的训练机会也必然被剥夺了。

3. "一锅端"策略

"一锅端"策略——以无限延伸替代课堂教学。其特点是：杂—个人展示，大量旁观。语文课变味成信息课、政治课、科学课、音乐课。各种非语文现象、非语文活动占据了课堂。课堂上学生大量交流课前搜集的资料，课前预习不能有效服务于课堂学习；过分关注文本中的思想教育，填鸭式的说教使课堂充满了政治氛围；过分关注科普作品中的科学因素，语文课成为科学常识、实验课；吹拉弹唱进驻课堂，优等生尽显其才，大部分学生充当旁观者。语文教学目标迷失，教学对象失落。

4. "宰割式"策略

"宰割式"策略——以细碎分析替代整体感悟。其特点是：碎—肢解文本，缺失整体。在教学中，教师让学生凭兴趣选读某个段落，最后又不返回整体；有的课脱离了文

章整体，让学生孤立地理解某一句话；有的教师让学生在预习后写下对这篇课文最感兴趣的一句话，随意性很大。加之大量使用课件，文本被闲置一旁，学生只关注屏幕上的某段、某句、某词，缺乏对文本的整体感知与把握。

5."钓鱼式"策略

"钓鱼式"策略——以众口一词替代个性解读。其特点是：乖——"众手不举，众口齐开"。语文教师大都千方百计地将学生的不同认识引向同一种预设，阅读教学无异于"请君入瓮"的圈套、游戏。学生丧失了独立思想的自觉，原本灵动的思维逐渐呆滞，敏感的心灵逐渐木讷。课堂上教师口若悬河，侃侃而谈；学生正襟危坐，洗耳恭听。有问题提出时，学生在教师钓鱼式的暗示下，众口齐声接答下半句。一些疑难被学生顺从下的众口一词所藏匿。

6."早评式"策略

"早评式"策略——以倾向性评价扼杀多元化答案。其特点是：冷——"一鸟入林，百鸟压声"。作为语文课堂教学的一个重要手段，激励性评价可以充分调动阅读主体的主动性，提高其参与文本解读的积极性和创造性。一些教师在个别学生发言正确后立即实施激励性评价，满以为会"应者云集"，引发更多学生的精彩解读，结果却事与愿违，陷入"一鸟入林，百鸟压声"的窘迫境地。显然，为时过早、操之过急的激励性评价也会挫伤学生群体的自尊心、积极性，使之产生相形见绌的失败感。

7."灌输式"策略

"灌输式"阅读——教师率先把自己对于文章的主观感受与见解灌输给学生，课堂呈现出和课程改革要求不相协调的陈旧观念，学生的第一阅读不足，欣赏不足，品味不足，囫囵吞枣，走马观花。这样做表面上阅读进展得很顺利，实际上教师是在牵着学生的鼻子走，学生没有对阅读作品的初步感知，感情不能投入其中，没有必要的体验过程，更没有进行深层次思考的机会与时间，只是一味地记、写、背。

8."放任式"策略

"放任式"阅读——教师用演示课件代替诵读，课堂上的语言训练达不到要求，少了读书、书写、聆听的过程，现代技术教学在带来现代化、形象化的教学便利的同时，让学生直接进行阅读训练的有效方式被剥夺。

9."跑题式"策略

"跑题式"阅读——一味地进行知识拓展延伸，语文阅读变成了信息、政治、科学、音乐等知识的展示。很多非语文阅读活动教育过程中，过分关注文章中的非语文内容、非语文知识点。语文的教学对象丧失，教学目标远离初衷。

10."割裂式"策略

"割裂式"阅读——在教学中，教师用细碎的分析来代替大局的把握与领悟，让学生阅读文章中的某一段落，针对这个段落进行重点理解，最后回到文章整体中来，学生无法理解全篇的贯通精神。再者，课堂随意性比较大，众多教学课件的使用逐渐代替了文章，屏幕上展现的只是单独分割出来的词句，这样的阅读效果必定不好。

11."钓鱼式"策略

"钓鱼式"阅读——阅读完成之后，教师总是用表现极明显的诱惑式问题把学生的思维带到统一轨道上来，当问题提出来后学生根据教师明显的上半句暗示，众口一词地答出下半句，一些原本有疑问或不同见解的学生没有机会表达心声。这无异于请君入瓮，长此以往，学生一定会丧失自觉的思考，思维逐渐变得木讷。

12."后进式"策略

"后进式"阅读——这里指的是把阅读放在对学生的评价之后。很多教师意识到了一些激励性评价对学生有鞭策启发的作用，可是掌握的时间火候不恰当，在阅读开始之前就把评价加给学生，结果往往事与愿违，挫伤了学生的阅读积极性与自尊心，使之有相形见绌的不适反应。

（二）小学阅读方式现状

1. 重朗读

"朗读能发展学生的思维，激发学生的情感。学生朗读能力逐步提高，对语言文字的理解就会逐步加深。"新课标在目标定位中指出：阅读是学生的个性化行为，应让学生在积极主动的朗读中，加深理解和体验，有所感悟和思考，受到情感熏陶，获得思想启迪，享受审美乐趣。实践经验也告诉我们，朗读是学生领略课文蕴涵情感的最佳途径，学生富有感情的朗读本身就是对语言文字有敏锐感觉的表现。阅读教学以读为本。因此，阅读教学中，教师要重视指导有感情地读，读出音韵，读出意境，读出情味。

2. 重合作

新课标指出：要积极倡导自主、合作、探究的学习方式。叶圣陶也曾指出："上课是教师和学生共同的工作，而共同的方式该如寻常集会，学生是报告和讨论，教师是指导和订正。"古语云：独学无友，孤陋寡闻。学生通过自主、合作的讨论，相互进行思维的碰撞，语言的交流，可以诱发对言语的感悟，可以进一步感悟课文的一情一景，一人一物。

3. 重想象

选入教材的文章作品，由于作者构思立意、运笔行文的需要，往往省略了一些内容，形成语言文字的空白。教学时，在这些地方引导学生瞻前顾后，补充情节或空项，则能促进阅读，增强语言训练的力度。如《黄山奇石》一文，课文根据黄山岩石名形相似的"奇"，通过"猴子观海""仙人指路""仙桃石""金鸡叫天都"等石的具体描写，突出"很有趣"。其他奇石。如"天狗望月""狮子抢球""仙女弹琴"一笔带过，形成空白。我们可引导学生紧扣"奇形怪状"，抓住岩石的名字，发挥想象，分别说说这三块略写的岩石的样子。模仿前文描写的句式手法，把这三块岩石具体写下来。然后要求学生改写课文，把这三块岩石作为详写的内容，把原文中详写的四组岩石作为略写，开头结尾不变，进行更高层次的训练。

4. 重自悟

新课标指出："阅读教学以学生阅读为前提，不能以教师的分析代替学生的阅读。"这句话强调的是学生在独立学习过程中，对课文的语言文字进行感知，对课文的内容、层次、感情、语言特点、重点词句、精彩片段，进行符号批注、思考分析、比较归纳，让学生有感而发，有疑而注，有得而写，使思想得到启迪，灵魂得到净化，个性得到张扬。

5. 重质疑

"学贵有疑"，疑是探求新知的开始，也是探求新知的动力。不断发现问题，提出问题是一个人思维活跃的表现。质疑蕴含着创新的因素。由此可见，让学生质疑，对促进学生智力发展和提高素质有十分重要的作用，应当成为教学过程中必不可少的环节。

6. 重体验

新课标把"尊重学生在学习过程中的独特体验"视为"正确把握语文教育的特点"之一。在总目标中也特别强调要"注重情感体验"。真正有价值的学习，是以学生个体体验为基础的，是学生对知识主动建构的过程，是学生在语文实践中行为、认知和情感的整体参与。作为学习主体的学生，在阅读教学过程中那种内在的认知、情感、意志、行为的亲历、体认和验证，对于实现语文课程工具性和人文性的统一，形成和发展语文素养，为学生的全面发展和终身发展打好基础，具有重要作用。如何在阅读教学中追寻"体验"，让体验全方位地进入开放的语文课堂，也正是当前语文教师的倾心追求。特级教师于永正在教《小稻秧历险记》，一位学生朗读到杂草被喷雾器大夫用化学除草剂喷洒后，有气无力地说"完了，我们都喘不过气来了"时，声音很大，力气很足，情感不到位。于老师幽默地启发："要么你这株杂草抗药性强，要么这化学除草剂是假冒伪劣产品。我再给你喷洒一点。"说完，朝他做了喷洒的动作。在于老师创设喷洒情境的激发下，这位学生如临其境，有了真切体验，再读时，他耷拉着脑袋，真的有气无力了。

7.重辩论

将"辩论"这一形式纳入课堂，一是可以活跃课堂气氛；二是容易激起学生思维的火花，照亮心灵的沉睡区，深化对学习内容的理解；三是可以促使学生主动创新，敢于表达出自己与众不同的见解，不迎合别人，活现出一个实实在在的自我。更重要的是通过争辩能够明辨是非，从而培养学生能言善辩和口语表达能力。

8.重读写

读是理解吸收，写是理解表达。有理解性的吸收，才会有理解性的表达。反之，表达能力强了，又促进理解吸收能力的提高。特级教师李吉林说过："阅读教学是学生心灵的对话，重在以情激情，情动而辞发。实践告诉我们，学生在吸收文本中语言与精神营养的同时，富有灵性的奇思妙想就会即时产生。这种情况下，结合写的训练会让学生更深理解课文，提高智慧，在丰富和发展语言的同时，提升精神生活。如有教师学了《小音乐家杨科》以《假如杨科生活在我们中间》为题写一篇文章，不仅激发学生的想象，还能激发学生的同情心和助人情怀，而且会使课文的语言文字和写作方法得到一次切实的运用。学了《航天飞机》引导学生写"漫游太空"，学了《海底世界》引导学生写"漫游海底世界"。此时，学生的脑海充满想象，心中萌发探究的欲望，笔下生发丰富的情感。

第三节　拓展阅读问题

语文教学的一个成功经验就是必须把精读和略读结合起来，才能真正有效地提高学生的语文素养。拓展阅读是必要的，但必须在用足用透教材的基础上开展；拓展阅读固然要重视量的扩张，但更应重视质的提升，把一些真正的经典性的材料引进语文教学中来。

在小学语文教学中，拓展阅读这一开放的过程，会使学生直接接触更多的阅读材料。新课标也指出，要"培养学生广泛的阅读兴趣，扩大阅读面，增加阅读量，提倡少做题，多读书"。要"鼓励学生自主选择阅读材料"，要"努力建设开放而有活力的语文课程"。因此，受到教师的普遍欢迎，成为新课程改革推进以来，语文教学最明显的变化之一。但在具体的实践中，拓展阅读在开展过程中还存在一些问题，现择其要做一些剖析。

一、数量无度，内容不精

目前的拓展阅读还存在拓展无度的现象。在某些课堂上，忽视对课文的阅读理解而过多过早补充内容，结果导致一堂课下来，学生连课文中的句子都没有读熟；有的教师没有很好地理解与应用文本所承载的文化内涵，却任意拓展延伸。如有的教师上《荷花》一课，讲到"如果把眼前的一池荷花看作是一幅活的画，那画家的本领可真大"一句时，说这个画家就是大自然，然后开始拓展问"大自然还画了哪些美丽的图画"……凡此种种，都没有很好地发挥课文这个"例子"的作用，长此以往，语文教学的基础就会动摇。

我们认为，在小学阶段，课本依然应该是语文教学的首要凭借。应该说，目前使用的教材选文大多为文质兼美之作，教师应充分发挥其范例作用，让学生通过课文品读，了解掌握基本的阅读过程、阅读技能。语文教学的一个成功经验，就是必须把精读和略读结合起来才能真正有效地提高学生的语文素养。拓展阅读是必要的，但必须在用足用透教材的基础上开展；拓展阅读固然要重视量的扩张，但更应重视质的提升，要慧目识真，把一些真正的经典性的材料引进语文教学中来。

二、拓展类型单一，迁移不足

拓展阅读的类型往往分为三种：一是与课文内容相关联的补充性拓展；二是与课文表达形式相类似的迁移性拓展；三是具有比较鉴别意义的比较性拓展。目前，学校中更多采用的是内容相关的拓展，如有关课文作者的介绍，课文写作背景的介绍，文中涉及的某个知识点的补充阅读以及作者的其他作品，等等，相对来说都比较忽视形式上的迁移拓展，更少有比较阅读性质的拓展；拓展阅读的形式也比较单一，基本上采用的是一篇课文加一篇（组）阅读材料或是由课文出发推荐阅读原著的形式。

我们认为，要根据不同的目的选择相应的拓展阅读的类型和形式。小学语文学习很重要的一点就是对表达形式的学习模仿，并通过阅读学会阅读，因此，更应重视迁移性和比较性的拓展。教师有必要选择推荐那些和课文形式相类似的内容，引导学生主动阅读。如四年级下册的《夜莺的歌声》《和我们一样享受春天》《小英雄雨来》《一个中国孩子的呼声》四篇课文都写到了战争与儿童，而又各有特色，让学生把有关内容找出来，比照着阅读，就可以发现有的课文歌颂了儿童在战争中表现出来的勇敢、机智，有的课文则歌颂了儿童对和平的渴望、对战争的诅咒，在此基础上体会课文的表达特点，这样，对于课文的理解就有了全面而丰富的认识。

此外，我们应该看到，随着社会的发展，人们的阅读方式已经多样化，因此拓展阅读开展过程中同样可以既有文本的拓展，也有音像资料的拓展、图片资料的拓展，通过"读图"来

三、拓展程度失当，序列不清

目前，拓展阅读实践中还存在着一定程度的无序现象。如三年级教师教《秋天的雨》一课时，拓展的依然是《春夜喜雨》，而《春夜喜雨》一般是在初中二年级才要学的内容。更糟糕的是，一年级的阅读要求和三年级的阅读要求几乎一样，都是读背这首古诗，想象古诗描写的情境，使得教学出现了低水平的重复。另一种无序则表现为课堂上随时可见的以深解浅的行为，如学习《荷花》要求学生去背诵《爱莲说》中的"出淤泥而不染，濯清涟而不妖"，大部分学生只能囫囵吞枣，死记硬背。可以说是无序的拓展，既消耗了学生宝贵的时间，又销蚀了学生阅读的兴趣，是一种得不偿失的教学行为。

小学语文进行拓展阅读，材料的选择应该从学生阅读能力和阅读兴趣这些实际情况出发，尽可能地选择与所选用教材程度相当的甚至略比教材浅显的内容，让学生基本上能读懂。如果内容略深，那么就要考虑其篇幅必须短小，而且要有一定的阅读指导，如学了《触摸春天》，补充学习海伦·凯勒的《假如给我三天光明》的部分段落，就需要教师做适当的指导，才能使学生读得懂、记得牢。

为改变拓展阅读的无序现象，教师还应该加强计划性。可以在每学期初制订拓展阅读的计划，而后根据具体的操作情况及时做出调整，每学期结束时通过教研组内的互相交流梳理，有条件的可以把那些拓展材料整理成为校本教材的一部分，成为一个与教材并行的新的阅读系列。

四、拓展主体不明，负担偏重

当前，拓展阅读材料的选择、时间的安排，基本上还是由教师说了算，学生还处于一种被动接受的状态，而且教师在确定拓展阅读材料时，很少考虑到学生的阅读兴趣、阅读能力，因而出现了像上文所说的读《荷花》拓展《爱莲说》等现象，使学生阅读的主动性和积极性都受到了影响。另外，教材中有些课文的分量较重，对学生来说，学好课文已经消费了很多精力，但有些老师为了进行拓展，又于教材之外引入了新的内容。这样一来，由于拓展阅读只使用了简单的"加法"，从而使学生的负担明显加重，引起了一部分学生的反感。

我们认为，拓展阅读同样要遵循因材施教和学生主体原则。教师要面对学生，研究学生，尊重他们的阅读习惯、喜好，抓住他们的兴奋点，和他们一起选择与实际生活贴近或最受关注的文章来学习，使"要我读"变为"我要读"。相比较课文阅读来说，在拓展阅读中，教师的角色更应该是一个顾问、一个帮手，要尽可能提供多方面多类型的材料供学生选择，可以帮助学生建立图书互助会、班级图书角等，定期为学生提供阅读书目、篇目。在阅读过程中，教师要做好解惑释疑的工作，定期组织"阅读成果展示会""我向同学荐本书"等活动，为学生提供一个展示阅读成果的平台。当然，在开展拓展阅读的同时，教师还应该从学生实际出发，对教材做新陈代谢的处理，大胆舍弃一些落伍的陈旧的内容，切实做好"减法"，使学生能腾出时间来阅读自己喜欢的文章和材料。此外，与任何教学活动一样，对于拓展阅读同样需要及时的检查反馈，需要适当地评价。只是在评价中，更应该倾向于让学生开展自我评价、生生互评，评价的内容要以阅读的兴趣和主动性为主，使我们的学生通过拓展阅读爱上阅读，使阅读成为每个学生的爱好。

总之，与所有的教学研究一样，拓展阅读的实践研究同样应该避免盲目性、随意性，从而为学生语文素养的提高发挥最大的作用。

第三章　书卷多情教做人

　　我国浩瀚的文明使得先贤圣哲、文人骚客留下了丰厚的文化遗产，通过那穿透满目尘封的文字，跨进那丰富充盈的文本世界，仿佛聆听到了先人们的谆谆教诲，畅快地与他们进行思想的交流与对话，汲取他们精神的力量以及智慧的源泉，因此，经典阅读有助于传承民族传统文化精神，这对于人们特别是对于还未形成正确的人生观、价值观和世界观的青少年来说，有着重要的现实意义。

　　李嘉诚三岁就能咏《三字经》等经典，他感叹：儿童时期学到的知识弥足珍贵，它令我终身受益！古今中外，毛泽东等很多名人、伟人、大师都是从小读经典长大的，可见经典阅读对人终身发展的意义。

　　就小学教育而言，我们不能把阅读经典局限于古典文学、名著，毕竟学生的认知水平还达不到，而且现行的小学课本中的课文大都是千挑万选的经典作品，用好这些文本，拓展到课外阅读，也是阅读经典的方式。因此，小学的经典阅读可以从课内课外，诗词古文、经典故事、科普文章以及网络优秀作品等角度入手，从而更好地丰富学生阅读生活。

　　阅读经典可以使我们内心平静，更有修为，更有素质。归根到底，阅读是在阅读前人的智慧的基础上学会做人，这是终极目标。就小学教育解读，在阅读上五分课内课外，可以从诗词、故事、文章、科普以及网络等对角度入手，从而更好地丰富学生阅读生活，以此为做人打下坚实的基础。

第一节　课文阅读

一、小学语文课文教材

"用教材教，而不是教教材；用课文教，而不是教课文；是学语文，而不是学课文。"这三句话似乎已经成为老生常谈。这是对老师只注重课文内容的分析，轻视提高学生语文素养的教学方式的一种纠正。然而虽然不能只教课文，但是每一篇精选出来的课文，它的价值却又是不容忽视的。课文是语文教学的一个载体，它承载着对学生进行语文训练，提高语文素养的重任，作为教师，我们必须通过自己的努力发挥好这个载体的作用。

刚走上讲台那一会儿，总感觉一篇课文好像没多少可讲的，而现在我的体会就是用一篇课文来教学生，如果要教好，需要很长的时间，原因如下。

（一）运用课文，扩大识字量

识字教学是小学语文教学的重要组成部分，但是翻开语文课本，你会发现，单独的识字教学内容非常之少，因为除了一些比较特殊的生字，如形声字、象形字，学生可以单独记忆，更多的生字单独提出让学生拼读，学生是无法牢固掌握的。但是拼读后，将生字词放入课文中，学生在读文的过程中，就会加深对生字词的记忆和理解，然后进行运用，因此，课文是学生学习生字词的载体，能够在潜移默化中扩大学生的识字量。

（二）利用课文提高学生的语感

利用课文提高学生的语感即是朗读课文和背诵课文，发展语感。

给学生听课文录音带，让学生注意语音语调以及词汇的发音、连读等问题。让学生进一步整体熟悉课文，对课文知识进一步消化、理解、掌握和运用。反复朗读，特别是模仿正确地道的英语语音、语调来朗读，有助于学生领悟语言的分寸感、畅达感、情味感和美感，进而帮助学生形成正确语感。朗读不仅能使学生丰富口语词汇，培养语音语调，而且能帮助学生掌握句法结构知识，划分意群，加强对材料的整体理解能力。通过朗读，使学生的眼耳口等感觉器官同时参与学习，综合提高听说读写能力。读得多了，自然就形成了语感，语感一旦形成，在以后的学习和交际中，好句子就能脱口而出，语言技能也得到不断提高。

对于培养语感，背诵比朗读的效果更好。语感的培养离不开大量的语言材料和语言环境。背诵时输入的语言材料及其思想内容会共同作用于人的大脑，产生一系列的反应活动，如感觉、知觉、思维、判断和分析等。朱光潜先生曾说："我觉得初学者与其花那么大劲去死记单词，做那些支离破碎的语法练习，倒不如精选精读几篇经得起仔细推敲的散文作品或诗歌，把它们懂透背熟，真正消化成为自己的精神营养，这样就会培养出敏锐的语言感。"因此，对于好的课文或段落，应要求学生背诵。

（三）利用课文提高学生的阅读能力，拓宽阅读量

阅读是语文学科的生命，因此，新的课程标准明确规定，小学六年的课外阅读总量不少于 150 万字，我们新时代的教师如何有的放矢地组织学生拓展阅读，让学生有趣味地"攻下"这天文数字般的阅读堡垒，培养好与时代相适应的阅读能力呢？我认为立足语文课本，进行课内外衔接的语文扩展阅读，是提高学生语文能力的必由之路。

阅读能力的培养是一个长期的过程，课文是培养学生阅读能力的主要材料。学生掌握知识、技能的过程是一个由浅入深，逐步深化的渐进过程。教师可通过培养学生课前预习的良好习惯，使其理解教材，巩固并运用知识，在理解课文的过程中，很多只可意会不可言传的东西也是通过一次次学生思维的碰撞油然而生的，对内容的概括与把握能力也是在一篇篇课文中训练出来的。所以说有效利用课文能提高学生的阅读能力。

在教授课文之前，引导学生收集与课文相关的信息资料，在收集的过程中，会伴随着他们的阅读；在教授完课文后，进行有效的拓展，引导学生阅读同一个内容的文章，或是同一个作家的作品，或是了解文章中主人公的其他故事，学生的阅读视野拓宽了，阅读量也增加了！

（四）利用课文，为学生写作保驾护航

叶圣陶先生曾说过："语文教材无非是'例子'。凭这个'例子'就能让学生掌握作文的熟练技巧。"每一篇课文其实就是一篇很好的范文。大作家们无与伦比的写作技巧和表现手法是学生学习写作的典范，教师引导学生掌握这些技巧，然后运用到自己的作文中去，一定会增色不少。再加上优美的词与句，学生读一读，记一记，在熟悉中渐渐内化为自己的东西，在写作时自然运用，学生的写作水平怎能不提高呢？

（五）利用课文对学生进行思想教育

人文性是语文的鲜明特征。新课标明确规定"发展健康个性，形成健全人格"是语文教学的一项重要任务。新课程改革后，教材加大了对学生进行思想教育的力度。

翻开小学语文课本，你会发现，一个单元是一个思想教育的主题，每一篇课文通过不同的事例向学生渗透好的思想，好的行为。以此来影响学生，塑造学生良好的思想道德品质。这样有血有肉的思想教育比教师的苦口婆心说服要有效得多。

（六）教材的主要特色

1. 崇尚"人文"

崇尚"人文"。教材饱含民族文化，洋溢着中华文化的气息。或展现灿烂文明，或回首历史事件；或讴歌志士仁人，或颂扬民族精神；或宣传传统美德，或渗透伦理亲情。教材多角度地向学生展示了中华文化的无穷魅力。为增强学生的民族自尊心和自豪感，培养学生爱国主义感情提供了优良凭借。

教材的文化构成比较合理。中国的、外国的，民族的、世界的，传统的、现代的，科学的、人文的，学校生活及社会生活的，等等，视野广阔，文化的覆盖面比较大。并且注意尊重多样文化，有一定的包容性。有利于学生丰富文化积累，全面提高文化素养。

教材富含人文情怀，体现了"以人为本"，"以学生的发展为本"的新课程理念。为养成学生良好学习习惯，教材继续精心编排"习惯篇"；为保护学生的视力，教材的字号较大；为使学生喜欢语文，热爱读书，教材选编了大量儿童喜爱的作品；教材的绘画与装帧设计追求审美品位，教材的结构体例与呈现方式也大多为儿童喜闻乐见。

2. 强调"基础"

强调"基础"。采用"减法思维"，突出基础目标。教材删繁就简，轻装上阵，头绪比较简单，表现方式也比较质朴；教材突显基础目标，着重安排那些对学生发展特别是终身发展有用的内容，强调把书读好，把字写好，把话说白，把文章写顺，重视培养学生的良好学习习惯。

汲取"传统经验"，强化基本手段。教材遵循母语教育规律，注意从传统语文教育经验中汲取营养。在教学中倡导多读、多写、多背，强调积累和感悟，注重在听说读写的实践中提高学生的语文能力。识字教学提出"识写分流，多识少写"；写字教学提出"描仿入体"；阅读教学提出"以读为主，以讲助读"；习作教学提出"读写结合，模仿起步"。鼓励学生"少做题，多读书，好读书，读好书，读整本的书"，把自己培养成"读书人"。

3. 注重"综合"

注重"综合"。教材内容的安排讲求整合。把字、词、句、篇的内容结合起来，把听说读写的要求整合起来，把语文与其他领域的学习联系起来，把课内课外有意识地沟通起来。使教材便于学生自主、合作、探究地学习，便于学生进行综合性学习。

教材的练习设计（课后练习与单元练习）注重综合。不仅具有复习巩固的功能，更有拓展的功能和促进学生思考、探究和创新的功能。许多练习不局限于一字一词，也不探究微言大义，更没有用似是而非的东西去为难学生，但却富有启发性、挑战性和综合性，能激发学生探究的愿望和兴趣，让学生有多方面的收获。

有计划地设计一些语文体验性活动和研究性学习的专题，让学生有所体验，有所感受，有所"研究"和"发现"，在有趣的活动中学语文、用语文。

4. 体现"开放"

体现"开放"。教材具有伸展性，富有张力。学生通过学习教材，如同打开了一扇窗，进而可以找到连接生活、认识世界、步入知识殿堂的通道，在更广阔的背景下学习语文。教师通过使用教材，也不难从中获得新课程所倡导的理念，确定新的教材观：教材是语文课程的重要资源，但不是唯一资源；教师不仅是新教材的使用者，也是课程资源的开发者和利用者。

教材富有弹性，留有空间。课文短小精悍，语言简洁；课后练习重点突出，留有余地；单元练习形式多样，讲究综合；习作倡导个性化，儿童化。这些尝试有利于学生学会学习，也有利于激发教师的创造性，促进教学生动活泼局面的形成。

总之，语文课文是我们手头上现成的珍贵而丰富的材料，对它的开发和利用应该得到老师的积极参与。高效使用语文课本，使其最大限度地发挥作用，从而让学生走进课文，亲近课文，爱上课文。

第二节　经典阅读

一、经典文学概述

经典文学作品指最能代表这一个时代的文学作品，精品与经典是有区别的，精品只是指作品的质量，而并不需要经典所据有的其他特性，所在行业的精品，或者说是一个时期里的精品，具有代表性质和意义。

（一）古典文学

文学是用语言塑造形象反映社会生活的一种语言艺术，它是文化中极具强烈感染力的重要组成部分。中国古典文学是中国文学史上闪烁着灿烂光辉的经典性作品或优秀作品，它是世界文学宝库中令人瞩目的瑰宝。中国古典文学有诗歌、散文、小说以及词、赋、曲等多种表现形式，在各种文体中，又有多种多样的艺术表现手法，从而使中国古典文学呈现出多姿多彩、壮丽辉煌的图景。几千年来，中国传统文化养育了中国古典文学，中国古典文学对传统文化更具有深刻的影响力。

1.《诗经》与先秦散文

春秋战国时期，是一个社会发生急剧变化的时期，此一时期，在中国文学史上占有重要一席之地的即先秦散文。百花齐放、百家争鸣的文化氛围促进了文学的繁荣，也迎来了文化光辉灿烂的时代，尤其是儒、墨、道、法几家学说，奠定了中国传统文化的基础。

2.楚辞汉赋

辞赋是中国古代文学样式之一。辞因产生于战国楚地而称楚辞；赋即铺陈之意，以"铺采摛文""直书其事"为特点。两者都兼有韵文和散文的性质，是一种半诗半文的独特文体。结构宏大，辞藻华丽，讲究文采、韵律，常用夸张、铺陈的手法。

3.魏晋文学与南朝文论

东汉末年的黄巾起义摧垮了东汉王朝，代表中小地主利益的曹操、刘备、孙权三分天下。曹操力量最强，在文学方面成就也最大。以"三曹"和"建安七子"为代表的"建安文学"在古代文学史上占有重要的一席之地。所谓"三曹"即指曹操与其子曹丕、曹植；"七子"即指汉末作家孔融、陈琳、王粲，徐干、阮瑀、应玚、刘桢。他们均能文善诗，且与曹氏父子关系密切。建安时期，是我国文学史上一个"俊才云蒸"的时代，大量作家和作品涌现出来，使各种文体都得到了发展，尤其是诗歌方面打破了汉代四百年沉寂的局面。五言诗从这时开始兴盛，七言诗在这时也奠定了基础。历代文学评论家都把建安时期看作文学的黄金时代。

4.唐诗、宋词、文与传奇小说

唐文学的繁荣，表现在诗、文、传奇小说的全面发展以及作者众多大师辈出上。以初唐以四杰为代表：卢照邻，骆宾王，王勃，杨炯。盛唐主要有山水田园诗：以王维，孟浩然为代表；浪漫主义诗：以李白为代表；现实主义诗：以杜甫为代表；边塞诗：以高适，岑参，王昌龄为代表。中唐诗以李贺、白居易、贾岛为代表。晚唐诗以李商隐，温庭筠为代表。唐宋八大家中，唐朝的有两位代表人物：韩愈、柳宗元。唐传奇小说代表：沈既济《任氏传》；陈玄佑《离魂记》；李朝威《柳毅传》；白行简《李娃传》；蒋防《霍小玉传》；元稹《莺莺传》。

道统与文统紧密结合，使宋代古文真正成为具有很强的政治功能而又切于实用的文体。宋词分为北宋词和南宋词，其中流派分为：婉约派：以李煜冯延巳君臣，晏殊晏几道父子，欧阳修，柳永，秦观，周邦彦，李清照为北宋代表以姜夔，吴文英，王沂孙，史达祖，蒋捷为南宋代表婉约派是宋词主流。豪放派：北宋苏轼首创，由南宋辛弃疾发扬光大，两宋之交繁盛一时。主要代表人物有：苏轼，贺铸（北宋），辛弃疾，陈过，刘克庄，张元干，张孝祥以及后来的文天祥为南宋豪放派代表。另外还有格律派：周邦彦，姜夔，吴文英，王沂孙，史达祖为代表；朦胧派：吴文英；辛派：辛弃疾，陈过，刘克庄，张元干；姜派：姜夔，吴文英。唐宋八大家中，宋朝的有六位代表人物：欧阳修、苏洵、苏轼、苏辙、王安石、曾巩。

此外，戏剧、说话等通俗文艺在宋代也有迅速发展，逐渐形成了以话本和诸宫调、杂剧、南戏等戏剧样式为代表的通俗叙事文学，从而改变了中国古代文学长于抒情而短于叙事，重视正统文学而轻视通俗文学的局面，并为后来元明清小说、戏曲的发展奠定了基础。

宋元戏曲和明清小说

在中国的传统文学观念中，小说常被当作街谈巷议之言；戏曲被认为是不能登大雅之堂的作品。因此，小说和戏曲起步较晚，直至元、明、清才迅速发展起来，一些伟大的作家与作品相继出现，戏曲方面，如元代关汉卿的《窦娥冤》、王实甫的《西厢记》、明代汤显祖的《牡丹亭》、清代孔尚任的《桃花扇》等，都是不朽之作；小说《三国演义》《水浒传》《西游记》《聊斋志异》《儒林外史》等，也均为文学珍品。《红楼梦》更是纪念碑式作品，它把中国文学推向了新的高峰，并足以和世界许多知名的小说媲美。

中国古代文学虽然在不断发展着，但却表现出异常稳定和凝固化的特点，与西方文学相比，统一性和单一性相当明显。这种特点是和中国社会的历史进程紧密相关的。中国文学大部分在封建社会的小生产土壤中产生，几乎一直在中央集权的统一国家中，在重视文化思想，并对之严格控制的情况下发展。所以中国古代文学与外国文学的联系相对来说较少，大部分时间处于封闭的环境中，除了特殊的历史时期外，总的来说与宗教的关系相当疏淡。这就形成了中国古代文学凝重稳健的性格。19世纪后半期至20世纪初，随着中国封建社会开始发生的重大变化，这种性格开始打破。中国古代文学的正宗诗文，到清代中叶，大都由于因袭旧艺术形式、缺乏新思想内容而走向末路。鸦片战争以后，一部分知识分子开始认识到本民族经济文化上的弱点，文学上出现了龚自珍、黄遵宪等为代表的开明派；戊戌变法运动前后，资产阶级改良主义代表人物梁启超、黄遵宪等提出了诗界革命、文界革命、小说界革命的主张，要求"崇白话而废文言"，号召革命的政治小说也相继产生，例如李宝嘉的《官场现形记》、吴沃尧的《二十年目睹之怪现状》、刘鹗的《老残游记》、曾朴的《孽海花》等，都是揭露当时社会黑暗的谴责小说。

（二）近代文学

五四新文化运动，使中国文学进入了光辉的现代时期。这时期的文学，已成为自觉、独立而又面向整个社会的艺术。它以改变文学语言为突破口（以白话代替文言），对文学的形式、表现手法、内容，进行了全面深刻的变革，产生了不同于传统文学的新诗歌、散文、小说和戏剧，还引进和创造了散文诗、报告文学、电影文学等新体裁，创作主体的个性、自我意识和描写对象，社会化的深度和广度都得到了从未有过的强化。对于人的命运和人民、民族命运的关注，现代民主主义和社会主义思潮，成了新的文学主潮的思想基础。民族危机、知识分子的道路、农民的苦难、抗争与解放、武装斗争，是作品常见的题材。作家与读者有了更广泛而亲切的交流，而且也更广泛地吸取了世界文学新潮的营养。正是通过外来影响的民族化和文学传统的现代化，才创造出了新的民族文学，并成为现代世界文学的自觉成员。这时期的文学取得了辉煌的成就，出现了鲁迅、郭沫若、茅盾等一批世界性的作家。鲁迅创作的《狂人日记》《阿Q正传》《祝福》《药》等富有高度思想性、艺术性的小说及大量杂文，创造了中国现代文学最伟大的里程碑。中国新文学运动的伟大旗手鲁迅，以他的作品在中国人民中产生了极其深远的影响。

中华人民共和国建立后，中国文学一方面发扬了五四以后的新文学传统，一方面又表现出新的历史时期的时代特色。在更广泛更深刻的程度上与人民结合，积极表现中国人民在反帝反封建斗争中的革命精神，努力反映社会主义时期中国人民新的生活风貌，出现了一大批富有时代气息的优秀作品。经过"文化大革命"的文学停滞时期，从20世纪70年代后期开始，中国文学又出现新的转机，大群新作家走上历史舞台，文学的现实主义传统得到恢复和发展，新的艺术形式和艺术方法获得多方面开拓，文学内容也获得很大程度的深化，中国文学呈现了新的繁荣局面。在中华人民共和国建立之后，由于政治和历史的原因，台湾省文学及港、澳地区文学作为中国文学的一个组成部分，在另一轨道上相对独立地发展，也为丰富祖国的文学宝库做出了贡献。

大致可分为四个时期

（1）第一时期为民国时期，即1949年以前，是文学的多元文艺复兴阶段。

民国时期，尤其是五四以来，中国遭受列强侵略，社会各种思潮流行，舶来文化冲击传统文化，中国文学的发展出现多元化，各类题材涌现，其中现代言情小说的发端鸳鸯蝴蝶派就出现在此时。正统文学的代表性人物有"鲁郭茅巴老曹"六大家。晚清民国报纸兴起为小说创作提供了一个上佳的舞台，报纸通过连载小说招揽人气，小说家通过报纸赚取稿费。近现代几乎所有著名的小说家最初都是从报纸上连载小说开始，从鸳鸯蝴蝶派的张恨水到鲁迅再到当代金庸。

（2）第二时期为新中国成立后到"文革"结束，即 1976 年以前，是文学的阶级斗争阶段。

这一时期的大陆文学带有明显的政治倾向，同时，这一时期的大陆文艺青年经历了重大的人生转变，命运的沉浮、多视角的阅历以及对价值的思考，为下一个时期的辉煌埋下了伏笔（中国第一位诺贝尔文学奖得主莫言的人生转变就在这一时期）。而在港台，这一时期的言情小说和武侠小说发展到了巅峰，分别产生了琼瑶时代和金庸时代。

（3）第三时期为改革开放后二十多年的时期，即 2003 年以前，是文学的反思和蜕变阶段。

这一时期的大陆文学展现了强劲的生命力，"文革"结束，对外开放，知识分子思想解放，对过去的反思，对未来的向往，传统和新时代的撞击，使得文学界出现欣欣向荣的勃勃生机。以莫言、贾平凹、陈忠实等为代表"文革"后作家，在此期间创作了许多经典作品，莫言更是凭借在此期间创作的文学作品和影响力，在2012 年获得中国第一个诺贝尔文学奖。

（4）第四时期为 2003 年至今，是文学的"表性"网络文学阶段。

随着网络普及，网络文学的出现颠覆了传统的书写和传播模式，使小文学的发展更加多元，80 后 90 后的生力军开始步入文坛并展现了惊人的创作能力。以起点为代表的武侠玄幻小说作者群和以晋江为代表的言情小说作者群（四小天后、六小公主、八小玲珑）的整体出现，标志着网络小说已经成为主流文学之外的又一创作主体。

二、经典阅读的价值与阅读指导

经典阅读一直以来就被作为汉语文的重要教学方式和教学内容，在我国传统教育体系中发挥着不可替代的作用。语文教育要承担起传承优秀文化、建构学生人格、培养语文素养的人文教育重任，就必然要回归到那些积淀了人类思想精髓和民族文化精华的经典文本中。

（一）"经典"的内涵

党的十八届三中全会通过的《中共中央关于全面深化改革若干重大问题的决定》指出"要完善中华优秀传统文化教育"，这些都反映出了我国素质教育的新方向。学校作为弘扬传统文化的主要阵地，应大力开展传统文化经典阅读。因此，我们首先需要清楚何为"经典"。

"经"指"作为典范的书籍"；"典"本义是特殊的简册，主要记载帝王之言行，后有"书籍、文献"的意思。由此可见,"典"与"经"在有关"重要的、典范的书籍"这一意义层面上是一致的。但是,并不是所有重要的书籍都能称为经典,《现代汉语词典》(2002年增补本,商务印书馆)对"经典"的解释如下:1.指传统的具有权威性的著作。2.泛指各宗教宣扬教义的根本性著作。3.著作具有权威性的。因此,"经典"是指具有典范性、权威性的著作。

(二)传统文化经典阅读的价值

1.持久不衰的"经典魅力"

经典的魅力是持久的、永恒的魅力。北京大学钱理群教授作过这样的描述,他说:"经典是民族与人类文明的结晶,是历代前人智慧与创造的积淀。而真正的经典又总是超越民族与时代的,具有超前性。文、史、哲的经典更是关注人性根本,不懈地挖掘人的灵魂的深,具有永远的思想魅力。"因此,我们要诵读经典,与文本、作者对话,并从中汲取精神营养。

2.不可穷尽的"经典张力"

经典的世界往往都是不可穷尽、不可描述的形象世界、情感世界和意义世界,是一个扩大的、开放的、不断被读者所填补和建构的召唤结构。正如钱理群教授所说,"真正的文学作品总是具有极大的混沌性、模糊性,包含多重甚至是开掘不尽的意义,有的意义甚至是可以意会不能言传、无法明晰化的,作品的价值是要在读者的创造性阅读中去实现的。也就是说,文学的本性决定了对它的理解、阐释必然是多元甚至是无穷尽的,而且随着阅读对象、时间、空间的变化而不断发展。而文学阅读的魅力恰恰也在于此,真正的文学作品总是常读常新,并且给阅读者带来真正的创造性发现的喜悦。"因此,我们在阅读经典作品的时候,要进行多元解读,获得自己独特的阅读体验。

(三)传统文化经典阅读的教学原则

1.体验性原则

这就是说,经典阅读并非是一种认知活动,而是一种体验活动。那么,教师应怎样引导学生在阅读中体悟呢?一是应鼓励学生对阅读内容做出有个性的反应。二是将阅读理解的机会还给学生,让学生自己在阅读中发现真理,感受生活,亲自去文本中体验、感悟。

2.审美性原则

经典文本中包含着语言、内容、思想、韵律等方面的审美因素,为我们提供了一种美的享受。因此,经典阅读应在这一基础上,通过与文本的对话,进行美的享受和熏陶。具体而言,教师要从审美角度进行教学设计,处理教学内容,安排教学活动，深入挖掘语文教材中的审美因素，创造审美的教学环境，唤起学生的美感情绪，使学生形成个人化的审美体验。

3. 思辨性原则

孔子曰："学而不思则罔，思而不学则殆。"经典是人类思想的结晶，在经典阅读的过程中一定要注意培养和发展阅读者的思想深度和思维方式。我们可以从两个角度入手。其一是从宏观角度，将经典的作品放到整个文化思想发展史的历史视角或现实社会语境的共时视角来理解。其二要从微观角度，联系个人的思维方式、思考水平，找到这些经典作品中包含的伟大思想与读者实际思想状况的结合点，从而达到个人情感的共鸣和思想的启迪。

（四）传统文化经典阅读的教学指导

1. 整体阅读法

在深入研读文本之前，应该整体感知文本，即整体阅读。整体阅读就是师生在对文本通读的基础上，对文本有一个基本了解。这种基本了解应该包括：这篇文章写了什么？作者的思路是什么？作者要表达什么主旨或者要抒发什么情感？因此，我们在精读之前要整体感知，切勿只见树木不见森林。

2. 深层学习法

弗里德曼（FriedmanM.）指出，当读者在阅读时将文章作为了解和获取信息的媒介，注重文章内容，并力图理解作者所表达的意思，这样的阅读方法称为"深层学习法"（deep-levellearning）。在传统文化经典阅读的教学过程中，教师应以全篇内容着眼，有意识地引导学生运用"深层学习法"，认真讨论文章的内容，尤其是作者字里行间所要表达的气氛和内容，正确理解作者所要传达的思想。

3. "图式"法

语言学家们认为，阅读理解是一个复杂的作者的语言与读者的先验（priorbackgroundknowledge）或记忆图式（memoryschemata）相互作用的过程。根据图式阅读理论，读者的阅读能力由三种图式决定：语言图式、内容图式和形式图式。语言图式是指语言的难易程度；内容图式是指阅读材料涉及的背景知识；形式图式指所涉及的篇章结构知识。

经典作为一种超越时空的文化存在，距离学生所处的时代比较遥远，会造成阅读障碍。所以，教师在教学过程中应大量介绍文化背景知识，也可以让学生大量地阅读有关的文化背景和民俗习惯的书籍，以此来丰富学生的内容图式。

4. 重点品读法

经典是民族文化的结晶，包含着超越时空的"精神能源"，但是一般来说，经典原著的篇幅都比较长，而学生的阅读时间毕竟有限，因此，我们在引导学生阅读经典原著的时候，必须有所取舍，做到精读与略读的结合。教师应根据教学目标，指导学生重点品读某一章节、段落或人物形象等。

5．"艺友式"合作活动学习

"艺友"这个词源于陶行之先生的《艺友制的教育》一文。它的内涵是：全体在民主、平等、和谐的群体关系中，形成学习信息的产生、发布、获取、交流的供求机制和运作网络，促进学习者的全面发展。在具体操作上，主要由三个步骤组成：首先是明确任务，发布信息；其次是浏览信息，结成艺友；最后是加工信息，共享信息。

第三节　故事阅读

一、故事概述

概述：通过叙述的方式讲一个带有寓意的事件，或是陈述一件往事。

故事：文学体裁的一种，侧重于事件发展过程的描述。强调情节的生动性和连贯性，较适于口头讲述。已经发生的事。或者想象故事。故事一般都和原始人类的生产生活有密切关系，他们迫切地希望认识自然，于是便以自身为依据，想象天地万物都和人一样，有着生命和意志。

某些故事是人类对自身历史的一种记忆行为，人们通过多种故事形式。记忆和传播着一定社会的文化传统和价值观念，引导着社会性格的形成。故事通过对过去的事的记忆和讲述，描述某个范围社会的文化形态，也有说法认为，故事并不是一种文体，它是通过叙述的方式讲一个带有寓意的事件。他对于研究历史上文化的传播与分布具有很大作用。

（一）特点

语言富于动性。故事不需要有过多的心理活动描写、大段的对话和繁复细腻的景物描写、人物形象的刻画，作者不应该在故事中对人物或事件大加评论。作者始终要注意推进故事情节的流动，进展。语言富于动性，不须着意刻画其中的人物就会鲜活起来。

爱情故事主要指男女之间相爱的故事，用故事记录下来，发表在网络或者杂志。以描写男女爱情为基调，爱情文章探讨爱情意义，描写爱情的形式。可以用真实的事件作为写作背景，或是美化了的言情故事。

（二）故事分类

1. 幼儿故事

是儿童文学少儿的一类。指0周岁到6周岁的幼儿。故事用作讲述的事情，凡有情节、有头有尾的皆称故事。这个事可能是真实的事，也可能是虚构的事。它是通过叙述的方式讲一个带有寓意的事件。侧重于事件过程的描述，强调情节的生动性和连贯性，较适于口头讲述。文学体裁的一种。幼儿故事，以幼儿为对象，富有幼儿特点，适合幼儿理解、表演，也就是适合幼儿听、读、讲的故事。幼儿故事寓教于乐，适合幼儿的心理特点，开启智慧，丰富头脑，能有效地拓宽他们的知识面，培养孩子对知识的感知兴趣，对孩子的课外启蒙教育有很好的效果。是开启儿童智慧大门的一把钥匙。听故事可以丰富儿童知识，同时提升思维能力和想象能力，促进儿童的思维更加细微准确，想象更加斑斓、开阔。

2. 神话故事

神话是人类最早的幻想性口头散文作品，是人类历史发展童年时期的产物，文学的先河。神话产生的基础是远古时代生产力水平低下和人们为争取生存、提高生产能力而产生的认识自然、支配自然的积极要求。

神话产生于人类远古时代。作为民间文学的源头之一，有力地证明了劳动人民从来就是精神文明的创造者，也揭示了民间文学从一开始就与人民的生活和历史有着密切的联系。

神话的本质是：任何神话都是用想象和借助想象以征服自然力，支配自然力，把自然力加以形象化；神话是已经通过人民的幻想用一种不自觉的艺术方式加工过的自然和社会形式本身。

神话作为民间文学的一种形式，是远古时代的人民所创造的反映自然界、人与自然的关系以及社会形态的具有高度幻想性的故事。

神话的产生和原始人类为了自身生存而进行的同大自然的斗争结合在一起。当时生产条件简陋，变幻莫测的自然力对人类形成严重的威胁。与此同时，原始人对客观世界的认识，也处于极为幼稚的阶段。举凡日月的运行、昼夜的变化、水旱灾害的产生，生老病死等，都使他们迷惑、惊奇和恐慌。诸如此类的自然现象，都和原始人类的生产、生活有密切关系，他们迫切地希望认识自然，于是便以自身为依据，想象天地万物都和人一样，是有着生命、意志的；对于自然现象的过程和因果关系，也加以人间形式的假设和幻想，并以为自然界的一切都受有灵感的神的主宰。在这种思想支配下，所有的自然物和自然力都被神化了。原始人不想屈服，与大自然展开了不懈的斗争，一心渴望认识自然、征服自然，减轻劳动，保障生活。他们把这一意志和愿望通过不自觉的想象化为具体的形象和生动的情节，于是便有了神话的产生。由此可见，神话是原始人在那极为困难的条件下，企图认识自然、控制自然的一种精神活动。

神话的产生还取决于当时的社会性质。当时人们必须依靠集体，共同获得生活资料，抵御野兽和敌人；劳动所得有限，必须平均分配。在原始公社制度下，人与自然的主要矛盾，成为人民注意的中心。因此，解释自然和制服自然，就成为神话的主要内容。同时，由于人们的利益一致，在集体生产中涌现出来的技艺超群、勇敢刚强的人物，受到全体成员的崇敬，被赋予神奇的能力而成为神或半神。在他们身上，寄托了原始人制服自然的愿望。

有一部分神话表现了部落间的战争。这部分神话主要产生在原始公社制的后期。当时公社制趋于解体，但部落间为了占有生活资料而产生的斗争仍是全民的事业。战争的胜利和领导者的业绩被看作集体的威力和光荣的标志。因此，人们同样自发地通过幻想把战争过程和指挥者予以神化，使这部分故事成为神话的一个组成部分。

神话所反映的是原始人对客观世界的认识，是一种反映现实的观念形态，是产生在一定经济基础之上的上层建筑。只是由于神话反映客观世界是通过人类童年期自发的、幼稚的幻想的折光，因而呈现出独特的形态。

3. 民间故事

民间故事就是劳动人民创作并传颂的、具有虚构内容的散文形式的口头文学作品，是所有民间散文作品的通称。有的地方叫"瞎话""古话""古经"等等；民间故事是从远古时代起就在人们口头流传的一种以奇异的语言和象征的形式讲述人与人之间的种种关系，题材广泛而又充满幻想的叙事体故事。民间故事从生活本身出发，但又并不局限于实际情况以及人们认为真实的和合理范围之内。它们往往包含着超自然的、异想天开的成分。

4. 童话故事

童话故事是儿童文学的重要体裁。是一种具有浓厚幻想色彩的虚构故事，多采用夸张、拟人、象征等表现手法去编织奇异的情节。幻想是童话的基本特征，也是童话反映生活的特殊艺术手段。童话主要描绘虚拟的事物和境界，出现于其中的"人物"，是并非真有的假想形象，所讲述的故事，也是不可能发生的。但是童话中的种种幻想，都植根于现实，是生活的一种折光。童话创作一般运用夸张和拟人化手法，并遵循一定的事理逻辑去开展离奇的情节，造成浓烈的幻想氛围以及超越时空制约，亦虚亦实，似幻犹真的境界。此外，它也常常采用象征手法塑造幻想形象以影射、概括现实中的人事关系。

5. 儿童睡前故事

儿童睡前故事是指在儿童睡觉之前由父母亲自讲给孩子的故事，内容根据宝宝的兴趣爱好选择，目的在于哄孩子睡觉，并且对孩子进行教育和引导，有助于培养孩子的阅读情趣，且有助于提高孩子的学习成绩。

（1）儿童故事本身对儿童的人格塑造起着示范和启蒙的作用。

（2）儿童故事开阔了儿童的视野，满足了儿童的好奇心和求知欲。

（3）儿童故事适合儿童的心理，纯洁，富有想象！

（4）故事可以让小朋友学到更多的知识，通过故事学习更容易被接受。

（5）故事可以教给小朋友做人的道理：例如孔融让梨等等。

（6）开发小朋友的思维能力：例如司马光砸缸，曹冲称象，等等。

它的价值在于"传承历史，教授知识"：睡前故事是每个孩子童年里最不可缺少的部分，它不仅能够加深父母与子女之间的情感互动，更可以对安眠起到一定效果。作为家长的你，是如何给宝宝挑选睡前故事的呢？

（1）在成人眼中，小兔乖乖的故事永远无法和《哈利·波特》相媲美，但是，宝宝们却不这么认为。这就好比在成人面前放一本时尚杂志和一本高等数学，多数人宁可承认自己没有品位也不会读那种晦涩的文字。同样，宝宝也只对自己听得懂的故事情有独钟。

（2）睡前故事的日日常新，说到底只是家长的一厢情愿，宝宝其实并不讨厌重复地听一个故事。他们每重听一次，就会和记忆中的情节相对比，所以，有时候你会发现，这些故事你只讲了前半段，他们会立马接上后续的部分。

（3）带有恐怖色彩的故事是不可以在睡前讲给孩子听的，就好像成人睡前不适合看恐怖片一样。

二、故事阅读意义

小学语文新课标明确指出"语文是最重要的交际工具，是人类文化的重要组成部分，是工具性与人文性的统一"。新课标要求"语文课程应致力于学生语文素养的形成与发展"，因为"语文素养是学生学好其他课程的基础，也是学生全面发展和终身发展的基础"。但是在目前很多的小学语文教学中，学生的兴趣不高，积极性调动不起来，注意力很难集中，教学效果很差。结合笔者近几年来的语文教学经历，在教学中恰当运用故事能更好地激发学生的学习兴趣，引导思考、进行主动学习，更有利于达到预定目标。

故事作为灵活的文学形式与题材，能够更好地被心思灵活的小学生接受，这在很大程度上帮助了学生理解道理与精神，能够更好地辅助语文教学，这是一举几得的极佳方式。

（一）通过故事阅读，实现语文与生活的联系

《语文课程标准》根据语文教学的实际状况强调语文课程生活化，要求进一步密切语文学习与生活的联系，要求教师指导学生在生活中学语文、用语文，把语文学习的背景扩大到学生整个的生活世界。因此我认为，把故事阅读有机融入到学科教学中，作为语文课程资源的有益充实是十分必要的。只有这样才能使语文真正与生活交融，让语文课堂源源不断地涌进生活的清泉，把多彩的生活当作语文的广阔课堂，引领学生在与语文亲近中体悟生活，在对生活的体悟中亲近语文。

语文源于生活，用于生活，发展、完善于生活。教师凭借语文与生活的密切联系，运用故事阅读实施生活化教学，将教学活动置于真实的生活背景之中，激发学生听、说、读、写的强烈愿望，将教学的目的要求转化为学生的内在需要，让他们在生活中学习，在学习中更好地生活，发展学生的多元智能，培养学生的生活能力，陶冶学生的生活情操。这样的教学将学习活动介于学生的生命活动、心灵活动，是真正的内部动力驱动下的主动学习。

（二）通过故事阅读，培养学生的文学素养

《新课程标准》的核心理念是文学素养。文学素养在小学阶段可以主体理解为语文素养，语文素养是指在语文课程学习过程中，学生通过识字、写字、阅读、写作（写话）、口语交际和综合性学习，内化汉语言的优秀文化成果，最终在学生身上养成的一种涵养水平。文学素养的整体性和综合性特点，要求语文教学也要加强整体性和综合性。对于小学生来说，故事是比较喜欢的一种形式和载体。故事内容涉及面广泛，有利于激发学生的阅读兴趣，在找故事，读故事，听故事，说故事，编故事等等活动过程中，要求学生能说会道，能听会写，涉及学生听、说、读、写的全过程，这种听说读写有机整合的训练，能够从根本上促进和提高学生的文学素养。

1. 听故事，培养学生听辨能力

听是说的基础，孩子听取了丰富的信息，再经过大脑的整理、提炼，形成语言的源泉。听的能力直接影响语言表达，传统教育的最大失误之一，就是在学生还没有学会如何倾听时，讲课就开始了。学生首先应该学习的技巧是听课，只有有效地听课，学习才会进步。培养学生倾听能力和品质是我们国家教育的精粹，听、说、读、写，是故事阅读教学与语文整体教学中的重要部分。"听"与说、读、写同样重要。通过听故事，可以训练学生对语言的听辨能力和概括能力，促使他们养成边听边思考的好习惯。

我经常通过以下途径开展听故事活动：

（1）大声读给孩子听。"读给孩子听"是最好的阅读启蒙，是最吸引孩子们的阅读形式，能给予孩子畅快的阅读享受，给予孩子直接的情感熏陶和丰富的语言积累。教师应自己并引导家长给孩子读故事，在故事体验中学习倾听。

（2）利用广播、电视、有声网络等平台组织学生开展听故事活动。

（3）开展听故事竞赛活动。听一个小故事，然后组织学生开展概括故事的主要内容、对故事人物、情节做出评价、写出听后的感受等活动。

2. 讲故事，提高学生口语表达能力

口语交际是语文训练或者说是小学基础教育阶段的重要内容。口语交际的特点是"双向互动"，在合作、交流、对话的过程中，培养学生的倾听能力和口语表达能力。虽然说口语交际可以表现在学习生活的各个方面，但是，课程标准把它作为独立的内容来阐述，教材也安排专项的训练，可见，口语交际在语文教学中占据重要的地位。口语交际训练的有效性在于提供真实的或虚拟的交际情境，而故事恰恰符合了这样的教学要求与条件。学生可以通过听讲故事、演故事、评故事等方式，达到口语交际的训练目的。

3. 读故事，培养学生阅读能力

学生喜欢读故事，是不争的事实，但教材出于语文教学任务的需要，不可能编排大量的故事，在教学实践中，可以通过课外阅读来满足学生需求。故事的特点是，情节性强，可以做到通俗、易懂、曲折、有趣、富有哲理、唤起想象，因此以故事为题材的文本，能更好地实现教育价值。学生读故事，先要读通，遇到生字、新词能主动查字典解决。再要求读懂，弄清故事发生的时间、地点、情节及人物，把故事的原因、经过、结果弄明白。对于某些重点词句，要引导学生在读中想象情景，加深理解。学生在反复的阅读中，感悟故事的真谛，培养语感，积累语言，形成阅读能力。

4. 写故事，培养学生书面表达能力

写作是运用语言文字进行表达和交流的重要方式，是认识世界、认识自我、进行创造性表述的过程。写作能力是语文素养的综合体现。学生积累了一定数量的故事阅读后，可以让学生根据自己的生活经验，展开合理想象，大胆创造，编出生动有意义的属于自己的故事。围绕"故事"进行写作练笔，是成功的教学经验。基本形式有：看图写故事、给开头写故事、续编故事、读儿歌、古诗写故事、组合词语写故事、模仿生活情景写故事、观察生活现象写故事、故事新编、自由创作故事等。教师还可以引导学生记自己的成长故事、班级成长故事等。学生写故事，也就是在写自己的生活、愿望、灵感，学生建构故事必然要融入自己的情感态度，从而反映了自己的人格，完善生命意义。

（三）通过故事阅读，实现人文性的追求

语文课程的人文性包含了情感、态度、兴趣、道德情操、价值观、人生观、世界观、审美观、文化品位等。《语文课程标准》明确指出："语文是最重要的交际工具，是人类文化的重要组成部分。工具性和人文性的统一，是语文课程的基本特点。"同样这也是小学生接触人文性的主要途径。著名特级教师于漪提出："语文学科是一门应用学科。抽掉人文精神，只有在形式上兜圈子，语言文字就失去了灵魂和生命，步入了排列组合文字的死胡同。"

通过故事阅读，让学生感悟人生，完善人格，形成正确的价值观，是故事阅读教学的基本任务之一。中国五千年的灿烂文化，留下了无数个具有启迪、教育意义的经典故事，故事在讲述和倾听中强有力地塑造着一个人乃至全民族的道德观和价值观。

故事阅读，能够塑造儿童美好的心灵，为儿童的心灵成长注入了一泓活水，提供必需的精神滋润与营养。学生从故事阅读中得到了判断是非的能力，找到了行动的榜样，心灵变得更美好。他们会因之表现出爱劳动、爱集体、助人为乐、团结友爱、尊敬老师、孝敬父母等健康的审美情趣和美好的人格品质。

（四）通过故事阅读，实现教师的专业化发展

在故事教学的实践中，教师始终是一个引领者、组织者、研究者，通过故事的讲述，不断建构对教学的理解和经验，实现教师的专业化发展。通过和学生共同阅读故事、讲故事，教师可以丰富自己的知识，开阔视野，塑造美好的心灵，进一步提高自己的语言表达能力。在学生中开展故事阅读，需要教师先行阅读。但是阅读如果成为教师的一项新增的任务，那抵触情绪和形式主义就不可避免；而阅读如果成为一种内在的需要，就能达到"阅读成为教师的一种生活方式"的理想境界。作为为学生点灯的人，教师必须认识到故事对于学生成长的重要意义，这样才能真正地、自主地阅读故事。

（五）童话、神话故事意义

童话通过不同的情景展示，给予学生知识和经验，有助于他们反映出整个社会的道德观和价值观，对学生形成正确的道德观和价值观具有重要意义。童话在一个充满幻想、自由、快乐的世界里传递着人类共同的美德，这种美德即高尚的道德情操。高尚的道德情操是我们所追求的一种精神境界，而这种精神境界是最难做到的。高尚的道德情操不是从小就有的，而是要从幼儿就开始培养起。童话是充满魅力的文学，

它能够滋润心灵，传递美的力量，引导学生在情感的体验中感受童话故事中的深意，从而更好地观察体会身边的事情。在童话故事中，学生释放了自己，激发了内在的道德情感，对学生的道德教育是意义非凡的，从而形成正确的道德观和价值观。正如苏霍姆林斯基所说，如果善良的情感没有在童年形成，那么无论什么时候你也培养不出这种情感来，因为人的这种真挚的情感的形成，是与最初接触的、最重要的真理的理解，以及对祖国的语言最细腻之处的体验和感受联系在一起的。

神话故事文本的特点就在于充满了神奇的想象力，比如《盘古开天地》这篇课文，学生可以感受盘古开天辟地的神奇。文本中说"天和地还没有分开，整个宇宙混沌一团，像个大鸡蛋"，比喻得神奇，给孩童形象可感的印象，而盘古作为一个大神，就是在这个"大鸡蛋"里孕育而成的，更是令人觉得奇妙。尤其是盘古作为大神的神力，他醒来后，"左手持凿，右手握斧，对着眼前的黑暗混沌，一阵猛劈猛凿"，就把"大鸡蛋"给劈开了。特别是盘古开天辟地后天地的变化，更让人觉得神奇，想象可谓合理奇妙，神话可谓神矣！所以，感悟神话的这种奇特，可以开启学生丰富的想象力，走进神话瑰丽的想象天地。

此外神话故事能培养孩子的语言表达能力，神话故事中还可以感受人物伟大的形象，同时可以培养孩子的心智，丰富孩子的生活。总之，没有神话故事的童年是有缺憾的，更是苍白的，我想阅读神话故事除了让学生了解传统文化，更多的应该是让学生热爱神话，思考神话。因此，要积极地引导学生在课外读一些中国的、外国的神话故事，让学生能广开视野，真正进入神话故事的广阔天地，感悟神话的神奇、美丽，从而热爱神话这一民间文化。

第四节　科普阅读

科普读物作为科学内容的重要载体，是开展科学教育与培养儿童科学素养的重要资源。儿童科普读物的读者主要是儿童，具有科学性、阅读性与悦读性等多重特性，既能满足儿童对科学知识、方法、态度的多重渴求，又能给儿童带来丰富的阅读体验与审美享受。本文主要结合一些儿童科普读物分析它们在科学教育中的作用。

一、儿童科普读物

儿童科普读物隐含众多开展科学教育的有利因素。从功能上来说，儿童科普图书最重要的作用是能够给科学概念的学习提供一个有意义的情景。科学概念通常比较抽象，而儿童科普图书通过将抽象的科学概念与生动的故事情节结合起来，增加科学的可理解性与可阅读性，把科学融于一定的故事内容中更好地吸引孩子们的注意力，从而激发他们的好奇心与求知欲。《奇妙的数王国》将许多数字，如分数、小数等拟人化、形象化，数与数之间的关系多采用引人入胜的故事说明，这些特殊的处理方式会减少儿童对科学的畏惧，增加他们进一步了解数学的可能性。

从形式上来说，儿童科普图书通常都是图文并茂，书中包含的图片与注解能减少儿童的困惑，帮助儿童理解复杂的科学知识。美国"神奇校车"系列丛书是将科学融入到故事中的典型代表，实现图画与文字的有机结合。另外，它还借助侧边栏、对话框等把某些科学故事以附加内容的形式表现出来，这些都是教师可以灵活运用的教育元素。而且，儿童科普读物的呈现形式较为生动直观，与儿童形象思维的认知方式不谋而合。以法国"第一次发现"科普丛书为例，该丛书将高精度的图画与神奇的胶片材质相结合，借助手电筒、放大镜等工具将一个个直观、逼真、生动的世界展示给读者。

从语言方面来说，儿童科普读物的语言特点在于它的浅显易懂，既能表达复杂的科学观点，又兼具趣味性与讲述性。基于语言方面的特性，国外许多科学教师都会借助儿童科普读物开展"大声朗读（Read-aloud）"课程，许多家长也会选择儿童科普读物作为科学课堂以外的重要科普阅读材料。除以上典型案例的剖析外，一些研究表明，儿童科普读物与科学教材相比，和现实生活的相关程度更高，能更好地帮助儿童理解科学就是生活的一部分，科学就在我们身边。儿童科普读物含有丰富多样的科学主题，阅读多种类型的儿童科普图书能够帮助孩子更好地认识内容、主题之间的联系。儿童科普图书与其他培养儿童科学素养的措施（如修建科技场馆、建立科普基地、培训科学教师）相比，是最简便、成本最低、覆盖性更高的科普资源。因此，便捷可得性也是儿童科普读物运用于科学教育的有利元素。

二、科普读物在教育中的作用

面对儿童需求的多元化，中国出现了科普漫画、科普童话、科普绘本等形式多样的儿童科普读物。基于对儿童科普读物的分析，我们不难发现儿童科普读物在科学教育中能够扮演重要的角色，发挥重要的作用。

（一）开阔视野，体验和感受不同的科学文化

科普读物内容涉及世界的方方面面，儿童透过它能够进入一个精彩纷呈的科学世界。由于地域文化存在差异，不同国别的儿童科普读物蕴含不同的科学文化。以"可怕的科学"（英国）、"第一次发现"（法国）、"美国国家地理（少儿版）"

为代表的西方儿童科普读物强调科学本身的直观性与客观性，特别关注儿童的观察体验以及实际动手操作能力；以"十万个为什么（儿童版）"（中国）、"小牛顿爱探索"（韩国）、"从小爱科学"（韩国）为代表的东方儿童科普读物则更注重科学知识的传播、为儿童科学学习提供广泛的题材与多样化的视角。以介绍科学知识为主的百科类儿童科普图书，如《十万个为什么》与《DK儿童百科全书》等书籍包含天文、地理、生物、化学等众多学科的科学知识。这类图书涵盖的科学内容丰富而广泛，科学教师在科学课堂中可以借助这些百科全书对所学科学主题做相应的拓展。例如，教师要讲授"动物的蛋"这一主题时，可以提前安排学生查阅与"蛋"有关的科普类百科全书，让学生在课堂上对该主题做资源共享或相关方面的讨论，丰富他们对这一特定主题的认识。《101个有趣的实验》与《让孩子着迷的77×2个经典科学游戏》等操作探究类儿童科普图书主要以介绍科学实验、方法为主，科学教师可根据课堂需要选择适合学生的科学实验，帮助学生掌握科学探究的方法，体验科学探究的过程。《科学技术史少年读本》属于介绍科学发展的科学文化类儿童科普读物，精选大量有代表性的科学人物与事件，以时间和逻辑顺序介绍科学技术演进的历史，借助该图书可以帮助学生了解科学发展历程与科学文化。《科学家工作大揭秘》《影响孩子一生的大科学家》等儿童科普类图书以介绍科学职业为主，科学教师可以借助这些图书帮助学生了解科学职业、了解科学家具备的种种特质。科学教师还可根据科学学习单元与主题的不同去寻找内容相关的科普读物，丰富科学课堂，拓展科学学习资源。

结合对儿童科普读物在科学教育中的角色分析，在实际的科学课堂中，科学教师可以借鉴如下做法。第一，通过给学生列书单的形式鼓励学生阅读科普读物，从而激发他们的科学学习兴趣，把儿童科普读物合并到科学课堂之中，鼓励学生阅读更多的课外材料。陈列书单应包含学生乐于学习的一般话题，如对某一领域做出贡献的科学家、与某个科学领域相关的职业等等，潜移默化地培养学生对科学学习的兴趣。例如，在课堂中，教师可以让学生阅读一些与当前学习单元相关或学生非常感兴趣的信息，阅读包含科学事实热点的报刊等，通过这种方式让学生理解科学对现实世界的重大意义。第二，教师可以让学生自由阅读各种各样的儿童科普读物，没有严格的时间限制与报告要求，建立自由阅读中心，提供各种科学期刊、图书，学生可自行分组阅读，每组阅读完后，交流其中提到的概念，或每位成员选择一本与阅读话题相关的书进行研究，然后将汇总内容分享给大家。第三，教师可以选择含有现有研究话题的书，把书分为若干部分，然后给不同学生分配不同的章节，最后请每位学生复述分享章节中的重要概念或组织大家讨论。分配的规则是将较长、较复杂的章节分配给能力强的学生，短而简单的章节分配给能力较弱的学生，这样既能满足不同学生的阅读需求，又能保证所有同学在同一时间段完成阅读任务。上述做法仅仅是将儿童科普读物融入科学教育的部分路径，还有待课堂实践的检验。

（二）科普读物激发青少年学科学兴趣

随着现代科学技术的突飞猛进，各种高新技术层出不穷，让青少年读者通过阅读科普读物，从中得到启迪，激发出爱科学、用科学的热情。当青少年怀着强烈的科学知识渴求来阅读科普读物时，不仅能从中吮吸到丰富的科学知识营养，获取科学技术的基础知识，更能不由自主地展开丰富的想象，生发相应的情感，正是在这种心理过程中，青少年的科学思维能力和科学判断能力得到了提高，更会引起他们探究科学的兴趣和欲望，从而在智力和情感上参与到科学家的科研活动中来，这必然有助于形成他们的科学思维。

为小读者提供一种易于接受的探究科学的方式。科学给人们的感觉往往是生硬、难以理解的，但儿童科普读物却是生动的、易于接受的。以"可怕的科学"系列科普图书为例，它的内容风格是"寓学于乐"型的，是学习与娱乐的有效结合体，书中蕴含的科学知识含量较大，但作者却能通过轻松幽默的笔调把小读者的注意力抓得牢牢的。此外，书中穿插许多好玩又简单的实验，小读者只需要借助白纸、土豆、面粉等生活常见材料就能完成，动手实验的过程就是经历和体验科学探究的过程。相比教材而言，儿童科普图书能够更好地激励他们思考与感受科学探究，而教材通常会将科学概念或科学实验步骤等科学内容直接呈现给孩子，并且儿童科普读物设定的一定问题与情景会激励他们主动进行思考探索而非直接接受知识。2001年，国际基础科学理事会建议将图画书、小说、诗歌、散文等不同类型的科普图书平衡地整合到科学课程中，因为每种类型的图书为学生提供不同性质的建构知识的机会。科学家传记能够增加小读者对科学家、科学生活的了解，帮助他们认识到他们将来也可能成为一名科学家；科学发明发现类书籍能够帮助小读者了解科学方法及其运用；科学小说更能使小读者形成对科学的兴趣，从而参与科学探究；其他类型的科普图书能够帮助学生深入了解课堂中未涵盖的科学内容，激发学生对某个科学领域产生兴趣。

青少年通过阅读科普读物，对某一高科技有十分形象的感性认识，从而使他们对这门学科产生兴趣，甚至爱上这门学科。《科学启蒙》杂志中军舰鸟与导弹一文描述军舰鸟空中拦截飞鱼的绝技，能做到百发百中，其中的科学道理是，军舰鸟的眼睛是"生物雷达"，大脑就是"生物电脑"，可以测定并计算出飞鱼在空中滑翔时出现"瞬时暂停"的位置，此时出手，自然"嘴到擒来"。据说美国科学家正是得益于军舰鸟空中拦截飞鱼的启发，研制出了"爱国者"导弹，结果在海湾战争中大显神威，成功拦截了伊拉克的导弹。没想到，一名小学五年级的学生读后，表示受到了很大的启发，将来要制造一种新导弹，能对付导弹防御系统。别以为这位小学生的想法很幼稚，我们可以从他的语言中看到他追求科学的热情，同时，我们从这个例子中至少看到了科普作品在推动先进文化的前进方向上起到了应有的作用。

（三）科普读物可提高青少年科学能力

在科学技术高度发展的今天，青少年要想掌握众多的科学知识，面临着有限的时间和无限的知识之间的矛盾，而他们通过有针对性地阅读科普读物来掌握科学方法、提高科学能力是解决时间和知识之间矛盾的钥匙。从某种程度上说，方法和能力比知识更为重要，因为知识是无限的，而方法和能力却概括着世界上的一切，并有助于知识的掌握。同时，科学方法对于青少年从事学习和研究活动，以及在日常生活中，都具有极大的指导性和实用性。

科普读物的目标之一，就是让青少年读者在获取科学基础知识的同时，逐步掌握良好的科学方法，提高从事科学活动的能力。固然，科学方法的内容十分丰富，但其中最精要、最核心的莫过于科学的思维方法，即善于发现问题、善于分析问题。大量的科普读物向人们展示了科学家艰苦的科学认识过程和成功之路。从中，青少年读者除感叹科学家献身于科学事业的崇高精神外，更主要的就是受到启迪。掌握以科学思维为核心的科学方法，是步入神圣的科学殿堂的钥匙，是在科学的崎岖道路上前进的拐杖，这种启示将帮助青少年树立起正确的科学观，从小建立起从事科学研究并取得成功的信心。

科普读物还强调内容真实，准确表现科学技术内容，可以让青少年在科学阅读中通过体验，培养和形成实事求是、严谨踏实等科学态度。如，在茅以升的《桥梁远景图》一文中，涉及了许多桥梁术语，如"桥墩""基础""桥梁"等等，用词比喻恰当，真实准确。

（四）科普读物可提高青少年整体素质

科普读物不是单纯地"增强青少年科技意识、提高青少年科技素质"，同时还注重提高青少年的整体素质，使他们在道德素质和科学文化素质两方面一起提高，成为热爱祖国的"四有"新人。

可以组织青少年学生阅读古今中外科学家在青少年时代的理想、抱负、创造、成就，以及他们献身祖国科技事业的感人事迹方面的科普读物。这不仅仅能培养青少年学生正确的价值观，更重要的是启迪青少年学生具有热爱祖国的信念，树立为祖国、为人类做贡献的社会责任感。如，《一片丹心献祖国》的文章介绍了我国著名兽医专家、浙江农业大学教授蒋次升先生一心为我国兽医事业发展所做出的贡献。蒋次升出生在旧中国，从小目睹了中国山河破碎，受外强欺负，就立志科学救国。他于抗战后期赴美留学深造，却因祖国的落后与贫穷而受到异邦人的歧视，但当他一想到自己是中国人，就发愤上进，要为国人争光。后来他以优异的成绩令异邦人从此对中国人刮目相看。在美国工作时，他又取得了一项项高水平的科研成果，美国许多公司和厂家竞相高薪聘请他去工作。但当他一听到中华人民共和国成立的消息后，立即决定回国工作。不管美国人怎样挽留，给他提高薪金，他都无动于衷。美国人不解地问："美国的实验条件和生活待遇都比中国优越得多，是什么促使你非要回国去工作？"蒋次升理直气壮地回答："因为我是中国人！"一位小学生很认真地读了这篇文章，深受感动，对他的父亲说，他要好好向蒋爷爷学习，学习他的刻苦学习精神，学习他的爱国精神，他将来出国留学后，也一定回到中国工作，把自己的国家建设得比美国还要好。从这个例子中可以看出，青少年是非常崇敬科学家的，因此，科学家的道德素质将对他们起到良好的教育，甚至影响他们的一生。

第四章　阅读法门知多少

　　教育阶段的阅读可以分为课内阅读与课外阅读。顾名思义，课内阅读所针对的教材——语文教材是专家经过研究所定出的文本，在针对性上是最为贴切，因此在这类文本中需要做好指导，引起学生兴趣。而课外阅读所涉及的方面就较多一些，既有自主的课外阅读，也有家庭的亲子阅读等等多样化的阅读形式。从这里也可以看出，阅读的方式是不一而足的，而在使用时也不是孤立的，是多角度共同或相辅相成的，这样才能有所效果。

　　就阅读的比重而言，课内阅读占据了阅读的绝大部分比例。课内阅读既是阅读的培养，更是主要的学习内容，这就对于学生提出了更高的课内文本要求。从当前的阅读现状来说，学生阶段的阅读在课内主要表现为海量阅读、绘本阅读、整本阅读、群文阅读以及课本阅读等几种阅读方式，这些方式都很好地解决了阅读中的一些问题，笔者根据自身教学以及调查研究情况提出一些建议，希望对课内阅读形成推动作用。

第一节　海量阅读方法指导

一、海量阅读概述

（一）海量阅读的意义

　　现在的语文教育越来越重视课堂之外的学习，即在生活中学语文、用语文，把语文学习延伸到了课堂外的生活中，课堂之外、生活之中成了学习语文的又一个课堂。其实，叶圣陶先生在很早就提出了"语文教材无非是例子"的看法，和现在的观点高度一致。单靠课堂、课本来提高整体语文水平那是不全面、不牢固的，也是不现实的，只有通过课堂之外广阔的生活，广泛地阅读，才能更好地提高语文的整体水平。新课标对学生课外阅读量的要求是分阶段划分的。在九年义务教育阶段，总的课外阅读量在 400 万字以上，其中小学低中高三个学段的阅读量分别不少于 5 万字、40 万字和 100 万字，初中学段不少于 260 万字，并且明确规定这一学段"每学年阅读两三部名著"，《语文课程标准》还提倡读整本书，九年累计应达 400 万字以上。这一数量是在做了调查研究后确定的，大多数老师反映能够达到，这样的阅读量对学生来说意义是重大的，如果真能达到这些要求，学生的语文水平将是不言而喻的。

（二）海量阅读的好处

高效海量阅读，这一课程的开发，丰富了学生的生活、陶冶了学生的性情，激发了学生的学习兴趣，拓宽了学生的视野，培养了学生热爱阅读，不动笔墨不读书的习惯，提高了学生的整体文化素养，同时，也促进了教师的专业发展。多读书，读好书是一条永恒的真理。

海量阅读的方法

1．作记号。将阅读材料中关键的或特别优美的词、句、段进行圈点勾划以加深印象。

2．摘录。俗话说："好记性不如烂笔头。"阅读时摘抄优美的词、句、段于笔记本上，经常翻阅，从中学到作者遣词造句和描写事物的方法，对自己作文大有益处。

3．写体会。有些文章读后特别令人感动，这时候可以将自己内心的真情实感表达出来，这样既能加深对原文的理解，又练了笔，能有效地提高自己的理解和表达能力。

4．撰写提纲。有些文章篇幅较长，语言文字相对平淡，但结构独具匠心，大家在理解其内容后整理出提纲来，从中可学到作者谋篇布局的办法，供日后参考。

5．精读与浏览。对阅读材料，我们要有选择地阅读，特别是阅读长篇大作时，不必逐字逐句去推敲、去斟酌，只须快速浏览，把握整体；读到精彩处，则放慢速度精研细读，认真领会。

二、海量阅读方法指导

"课内海量阅读"顾名思义，就是在课堂四十分钟之内进行的大量阅读。这个做法解决了两个问题：一是阅读量的成倍增加；二是学生课业负担的减轻。

据"海量阅读"创始人韩兴娥老师介绍，海量阅读的教学目标不是以一节课、一篇文章设定，而是以一本书、一个年龄段为单位设定目标。她把小学六年分为三个阶段：一是学生入学的头一年，在老师带领下，学生们逐步地学会在"海量阅读"

中识字；二是在学生的 二、三年级，老师重在引导学生们在"海量阅读"中诵读、积累；三是在小学的最后三年，也就是四、五、六年级，在老师的指导下，全方位地开展"海量诵读经典"。韩兴娥老师把这个过程，称之为"课内海量阅读"三部曲；这"三部曲"，环环相扣、步步深入，一个一个的轮回，帮助学生跨越式地可持续地成长与发展。她所进行的"课内海量阅读"，一轮实验下来，低年级学生的阅读量每学期近 20 万字，中高年级学生的阅读量平均每学期达到 100 万字。这几乎是国家颁布的"课标"规定的小学六年阅读总量的 10 倍。在她进行的第二轮实验中，中年段的阅读量已经远远超过了第一轮的高年段，达到每学期 160 万字的阅读量。如此的阅读量，让学生们面对各种学习和考试，一方面充分地表现出"成竹在胸"，另一方面则是显得更加地"游刃有余"；更为重要的是，它驱使着学生们不断地实现着跨越式学习、超越式发展，让学生们在跨年级、跨学段的学习与开始中依旧信心满满、成绩卓然。

那么，我们一线语文教师如何搞好课内海量阅读呢？笔者认为可以从以下几方面入手：

（一）激发学生阅读的兴趣，让学生愿意亲近文本

新课标在第一学段的阅读目标中指出，要让学生"喜欢阅读，感受阅读的乐趣"。"兴趣是最好的老师"，有了兴趣，才能使阅读成为一次快乐的经历，真正地使学生爱学、乐学。如何激发学生的阅读兴趣呢？常用的方法如下：

1. 以身作则，榜样激励

书这个老师往往能潜移默化的影响到班上的孩子。老师旁征博引的博学之气、清新优雅的书香之气都会使孩子真切地感受到阅读的价值，进而发自内心地敬佩老师、爱上阅读。

2. 巧用启发诱导，激发学生阅读兴趣

（1）经典形象巧引路。小学低年级可利用学生形象思维大于抽象思维和逻辑思维的特点，把孙悟空、哪吒、白雪公主、葫芦娃等孩子喜闻乐见的经典形象介绍给学生，鼓励学生在书中去了解他们的故事，激发阅读兴趣。（2）创设悬念吊胃口。先提"引子"，后卖"关子"——要想知后事如何，请读这本书，激起学生强烈的阅读愿望。（3）巧设问题引好奇，引"鱼"上"钩"，让智慧的好奇心唤起读书欲望。如公鸡为什么会打鸣？植物难道也会吃东西？（4）故意激将促探索。老师故意对读物做出过高或过低的评价，欲擒故纵，诱发学生的阅读好奇心和探索心理，从而主动地去阅读、理解。（5）自拟广告荐书目。如为了让学生勤查字典，可用下面的话进行引发：有位不说话的老师，上知天文地理，下晓鸡毛蒜皮，假如你每天跟它学几招，一定能成为世界奇才。

3. 家校配合，用师生共读和亲子共读的形式吸引孩子阅读的兴趣

在师生共读和亲子共读的过程中，不仅能增进师生之间的情感，增进孩子与父母之间的亲密关系，更能在成人与孩子愉悦、开放的共读过程中，使孩子们爱上阅读，进而养成阅读的好习惯；同时，定期召开家长座谈会，交流各自孩子在课外阅读中存在的问题，促进学生更好地进行课外阅读。

4. 立趣味评价机制，开展系列趣味活动，保持学生阅读积极性

（1）班级"图书漂流——好书交换看"活动。学生自带图书，相互交换阅读。学期末举办"最受欢迎的图书"评选活动，通过推荐和投票选出"最受欢迎的图书"，对图书主人给予奖励或表彰，让学生感受到"赠人图书，手有余香"的喜悦感和成就感。（2）读书计划展示会。由学校少先队大队、年级组、语文教研组，每学期组织一次别开生面的"读书计划书展示会"。（3）在班级中张贴"阅读进度表"。每周完成阅读任务的学生奖励一颗星，按照完成的顺序排在前20位的可以奖励一颗苹果。（4）评选优秀读书笔记。在每月进行的读书笔记、阅读记录本展评活动中，评选出一、二、三等奖若干名，奖励一、二、三颗星不等。（5）每月进行"阅读之星"评选。每次选出前10名进行奖励，奖励方式不拘一格，如：奖励去图书馆借书的机会；举办"读书经验交流会""故事会""作品展示会"；发放小奖状、奖章；在班级网站上发喜报、照片……（6）举办有鲜明个性特色的"小小读书博览会"。采用"书海接龙""开火车"或临时抽签等方法，每天上课前安排1~2名学生，以"名人名言""书海拾贝""我最喜欢的 ___""好书推荐"等小板块，向同学们介绍看过的新书、好书，交流自己在读书中的心得体会。（7）出读书小报。每个班级的学生在老师或家长的帮助下，收集有关读书风云人物、新书推介和读书的心得体会等，每学期出版一期或多期读书小报，让每个学生都能感受到"发表作品"的兴奋；学校或年级每学期组织一次读书小报评比活动。

（二）引领阅读内容，让孩子们书源不断

1. 让经典诗文与童年相伴

经典诗文是人类知识的结晶，是蕴藏着人类几千年来灿烂的文明与智慧的宝藏；它所具有的文学价值以及它所包蕴的人文精神更是毋庸置疑。小学生处在人生记忆力发展的黄金阶段，抓住时机背诵一些永恒的经典名篇，将能有效培养学生的人文素养和语文素养。在此背景下，我们进行古诗文诵读的研究，内容包括语文课程标准中要求背诵的古诗词。目的就是引导学生诵读经典古诗文，让中华灿烂文化走进学生心灵，让他们在口诵心唯、含英咀华中受到中华五千年优秀文化精华的熏陶。

让古老的智慧、经典的知识、脍炙人口的诗文，在孩子幼小的心灵中不断产生潜移默化的作用，逐渐培养孩子的仁义敦厚和高尚的人格品德、开启孩子的智慧。

2. 让文学经典与学生相随

经典是通过文化历史长河汰洗出的文字精品。而儿童文学作为首选读物应该作为儿童阅读的"主食"。我们将一些优秀儿童文学作品引入语文教学——跨越了一本语文教材的教学模式，让语文的课堂充满书香。师生共读，读整本书。并将指定书目阅读和学生自由阅读相结合，将读与写相结合，全面提高学生的文化素养。

（三）创新读书形式，提高学生阅读能力

如何让孩子进行大量持续地阅读，有效指导学生阅读？我们可以确立导读、共读、讨论的班级读书模式。在导读中，激发阅读兴趣，让孩子有一份阅读的期待。指导读书的方法，提高阅读的效率。在共读中，建立话语环境，师生共同阅读、交流同一本书。在讨论中，让文字温暖彼此的心，让不同的观点彼此碰撞，让相同或不同的情感彼此交融，让孩子的心智在交流中不断完善、不断丰富。

组织班级读书会：大声读给孩子听，图画书阅读，名著导读，阅读交流会，读物推荐会等多种形式。设计时要把握：引导正确的价值取向，让孩子逐步拥有思辨的眼光；话题设计能启发学生多元思考；精心选择书本和学生生活世界的联系点等。

（四）指导读书方法，培养学生良好的读书习惯

1. 要培养学生写读书笔记的习惯

徐特立先生说："不动笔墨不读书"。事实上读书笔记有很多种，最常见的就是写读后感或读书笔记。

2. 要培养合理分配阅读时间的习惯

指导好学生正确分配好课内和课外阅读的时间，要合理地分配和安排自己的阅读时间。在完成课内任务的基础上开始课外阅读。

3. 建立家校联系，把阅读引向家庭，促进读书习惯的养成

要让孩子爱书，仅靠学校的力量是不够的，父母对学生的影响是潜移默化的。我组织开展"与孩子一起诵读"等亲子共读活动，有家长反映：与孩子一起读书很快乐，拉近了和孩子之间的感情，真是一同读书，一同成长。可以说亲子阅读增进了家庭成员间的情感交流，也让读书成为每个家庭的生活方式。养成了良好的阅读习惯，海量阅读让孩子们终身受益。

（五）借鉴韩兴娥"海量阅读"成功经验

海量识字有秘方——破译韩兴娥的识字教学法。

识字教学的难题至今还困扰着万千师生。有人把这个难题的存在归因为汉字本

身的复杂外形。其实，明清之前似乎没有多少中国人望汉字而生畏，至少在一般的文献中没有看到有学者抱怨汉字难教。古代私塾中的学子，只要两三年工夫就可以认识常用的两三千汉字，自主读书的时间比当下的学生提前了三四年。韩老师也认为"识字的速度太慢是造就语文差生的源头"。识字量不够，直接导致阅读滞后。而阅读滞后的负面影响是不可估量的，其中很有可能会错过了培养学生阅读兴趣的关键期，尤其是会错过培养孩子母语情怀的黄金期。联合国教科文组织研究表明，儿童阅读能力培养的关键期应在一、二年级，中年级之后就会相对困难。也就是说，我们应该使孩子在 8 岁左右进入自由阅读状态。就中文阅读而言，必须要认识 2500 个左右的常用汉字才能为自主阅读提供基础。然而，按我们沿用了几十年的语文教学的进度，小学生认完 2500 个左右的汉字需要五六年时间，这就意味着他们的自由阅读期被延迟到了 10 岁以后。这种高耗式教学严重阻碍了学生语文学习能力的提升。

看看韩兴娥是怎么大胆改革的——

简化拼音教法，缩短教学课时，让拼音当工具而不是变成另一套文字。她一节课教一串（6~8 个）字母，学生不能熟练拼读不要紧，把字母认混了也不要紧，只要能按顺序念就可以了。她给每个学生印发两张名片大小的字母卡片，贴在课桌上、铅笔盒中，拼读时如果忘记了哪个字母，可以随时查阅，三周就把拼音学完了。拼音说到底是帮助识字的工具，而不是另一套文字，拼读能力是在阅读过程中逐步提高的。这个概念很重要，因为到目前为止，许多的教师对拼音教学没有清晰的认识，费了很多心力和时间，把它当作了另一套文字来教了，有的甚至要求学生用拼音写话写文章，无形中弱化了蒙学童子对汉字的热情。

韩兴娥将学生在幼儿园里读过的那些熟悉的儿歌编成小册子让学生"自学"，不露痕迹地把学生领入读书识字的天地——

开学第一天，韩老师说："孩子们，我们唱首歌吧！"

她发给学生那本自己编写的小册子，它分为三部分，第一部分是学生最熟悉的儿歌。如：

上学校

太阳当空照，花儿对我笑。

小鸟说：早！早！早！

你为什么背上小书包。

我要上学校，天天不迟到。

爱学习，爱劳动，

长大要为人民立功劳。

词语表：功劳 劳动 太阳 小鸟 为什么 长大 学校 学习 迟到 书包

生字表：大 鸟 劳 学 包 动 迟 小 长 到 书 为 校

唱一唱、念一念，几遍之后，韩兴娥告诉孩子们："老师要考一考大家，看谁认识儿歌中的字词。知道答案的不要出声，用你的指头指着儿歌中的这个字，念这一句儿歌。"

韩老师出示卡片"功劳"，有的孩子张嘴要说，她伸出食指放嘴边"嘘"地一声示意，孩子们的手赶紧在儿歌中找寻，找到的用手指着"功劳"，仰起头骄傲地看老师。老师转着圈看，耳朵靠近孩子们的嘴，听他们轻轻地念。找不到的、不会念的孩子把目光集中到同桌的手指上，若有所思地自言自语："长大要为人民立功劳，原来是'功劳'啊！"然后韩老师让大家一起念，右手持卡片从胸前向前一推，像乐队指挥一样挥动着手臂，指挥着孩子们的回答大合唱，孩子们高高兴兴地念着。

"下一个词看谁找得快，注意用你的手，而不是嘴！"孩子们目光炯炯地看着老师，期待着下一个词出现……

"和你的同桌一起找一找、认一认儿歌下面的词语表、生字表。"

……

就这样孩子们入学第一天就学会"自学"生字的办法。下午到校后便有十几个学生找老师认字，韩兴娥给他们盖上鲜红的奖杯印章并奖励一张小卡片。部分学生的积极性被调动起来了，第一周便有30多个学生认会了7首儿歌中的100多个生字。

这本神奇的小册子的第二部分有《小书包》《国旗》《坐得正》《写字姿势》《爱护眼睛》等儿歌，结合入学教育读儿歌认生字，一年级的蒙养教育就这样水到渠成。小册子的第三部分是汉语拼音情境歌，结合学习汉语拼音教学生读熟儿歌，谁有能力、有兴趣认读儿歌下面的生字就会得到新颖别致的小奖品。

创造情境给学生识字，是韩兴娥老师的独门招术。她把学生的姓名做成大卡片，一面是汉字，一面是音节，在课堂上练习拼读。学生不亦乐乎！国庆节前致家长的信中，附着全班学生的姓名，供孩子们识字。

一学期教一本教材的做法看似对学生要求低，实则"高估"了学生的能力，有的孩子上了小学六年却不能正确拼读音节，因为一年级的"起点"过高：刚刚能够磕磕绊绊拼读一个词，教材上就出现《我叫神舟号》这样的"长篇大作"，半数孩子不是自己"拼"会的，而是"听"会的。韩兴娥在教女儿学拼音的过程中知道小孩子拼读的不易，就给学生设了一个"举三反一""举十反一"的"缓坡"：学完拼音之后先拼读《三字新童谣》等简短的"袖珍童谣"，然后再学习课文。起先是一天一课，然后是一节课读背两课。读完人教版的就读苏教版的，读完上册读下册，读完课内的读课外的。就连《语文基础训练》《健康教育》《品德与生活》上的儿歌也成为阅读、识字教材。《拼音报》《好妈妈儿歌400首》《日有所诵》《弟子规》《增广贤文》都是韩兴娥班语文课堂上的"教材"，到一年级结束时，中等水平的学生能认识2000多汉字。

以阅读的大环境为训练场，使学生在口诵心唯中获得了识字的神功。当然，更为重要的是，那每日琅琅的书声不仅训练了学生的语感，也让每一个孩子养成了良好的阅读习惯。

另外，尽量降低写字的难度，这是韩兴娥识字教学的另一独门妙术。大江南北司空见惯的低年级写话训练，在她的课堂上没有。在作业本只写"字"不写"词"，让一年级学生的精力集中到正确书写"字"上。到二年级时做"根据拼音写词"，并备有答案——与"根据拼音写词"相对应的"词语表"，遇到不会写的字可以从中查找，学生的拼读、写字能力都得到相当的提高，为三年级直接用汉字写作文做好了铺垫。

第二节　绘本阅读方法指导

绘本，就是图画书。"它是文本，是图画，是综合性美术设计作品。绘本是给儿童带来一种体验的作品。"现在，绘本已被公认是学生早期教育的最佳读物。许多教育专家认为：绘本是最适合孩子阅读的图书形式。只要我们教师善于挖掘这一宝贵的资源，用活、用足、用好，这些美丽的图画便会"开口说话"，低年级学生的课外阅读也会因此变得更加美丽。绘本中与生活经验密切相关的故事情节能够引起学生的情感共鸣，让孩子可以在无压力的情况下，带着好奇、兴奋的心情，融入绘本的故事情境，并透过有意义的提问和引导，培养孩子逻辑思维能力，因此绘本受到了大多数学生欢迎和喜爱。那绘本阅读究竟对学生的成长有多大的价值？结合教学实践，我认为绘本阅读的价值在于它可以让阅读变得轻松愉快，改变语文教学沉闷的现状；可以提高学生的审美能力、语言能力，培养学生的想象力；可以增长知识，帮助学生找到真善美的钥匙，培养健康的品格和良好的习惯。

一、走进绘本，享受"悦读"乐趣

如果按照以前幼儿园老套路的阅读活动，无非是老师说、幼儿听，这种填鸭式的教学方法，早已经不适应现代师生间要尊重、平等，教学互动等教育理念，而如今的孩子更加愿意表达内心的意愿，充满个性，这也要求我们要注重学习、更新自己的教育理念，用丰富多彩的阅读活动来进一步激发幼儿的阅读兴趣。

（一）指导从头到尾阅读绘本

1. 从封面预测故事

无论什么书，封面都是最先映入读者眼帘的，多数图画书的封面都是取自于正文里的一幅图，因此，从封面就可以大致猜测出书的故事内容，而在阅读前让孩子对故事进行猜测会激起孩子强烈的阅读欲望。还有些图画书的封面与封底连在一起构成了一幅图画，这就要求你把封面与封底同时翻开了。《猜猜我有多爱你》这本书的封面上画有一大一小两只兔子，小兔子抓住大兔子的耳朵，仿佛在说些什么。教师就可以引导孩子看图，猜猜他们对话的内容，从而引出故事的题目——猜猜我有多爱你。

2. 不要漏过环衬

环衬是封面与书芯之间的一张衬纸，很多绘本的环衬上也画有图画，不过你可千万不要以为它们仅仅是起装饰作用的图案而马上一翻而过，实际上，绘本的环衬不但与正文的故事息息相关，有时还会提升主题。《我爸爸》这本幽默的绘本里，透过孩子夸张的幻想，塑造了一个让人笑破肚皮的爸爸形象：这个爸爸一天到晚穿着一件长长的睡衣，他不怕狼，一跳就可以跳过月亮，吃得像马一样多，游得像鱼一样灵活……《我爸爸》的环衬上的图案就是"我爸爸"身上那件棕黄色睡衣的一个小小的局部。

3. 讲故事的扉页

扉页就是环衬之后、书芯之前的一页，上面一般写着书名和作者的名字。扉页不仅仅只是通向正文故事的一扇门，不仅仅是告诉你谁是故事的主人公，它有时还会讲故事。《猜猜我有多爱你》这本书实际上有两个扉页，第一个是张单页，第二个是一个带版权页的跨页。请注意，在第一张扉页上，作者画了一只小兔子骑在一只大兔子的脖子上。你看，这时的大兔子是静止不动的，而且大兔子和小兔子的头都扭了过来，一双黑点似的眼睛望着书外，也就是故事之外的你，似乎在询问你：嗨，你准备好了吗？快和我们一起走进这个名叫《猜猜我有多爱你》的故事里吧！当翻过这一页，你会看到三幅充满了动感的小图——大兔子背着小兔子扬起了后腿、准备起跳、猛地往斜上方一蹿……这其实是一个连贯的起跳动作——这一跳，两只兔子就跳到了后面的正文里。于是，我们看到小兔子紧紧地抓住了大兔子的长耳朵，听到他问妈妈："猜猜我有多爱你？"这富有动感的画面把读者的视线牢牢地锁住，想不看下去也难。

4. 朗读正文

正文一定是孩子精读的部分。可绘本的正文部分究竟是应该由教师读给孩子听，还是放手让认识了几个字的孩子自己去读呢？不管是日本最久负盛名的绘本阅读的推广者松居直，还是美国教育心理学家杰洛姆·布鲁纳，他们都一致认为：教师得先为儿童读故事。因为绘本是通过优美的语言和图画表现出来的，当教师把绘本所表现的最好的语言用自己的声音、用自己的感受来讲述时，这种快乐、喜悦和美感才会淋漓尽致地发挥出来，绘本的体验才会永远地留在孩子的记忆当中。考虑到绘本资源有限，教师可以翻拍书中的图片，制作成课件让孩子们一起来阅读。当孩子欣赏画面时，教师投入感情地朗读故事，并加上动作、神态辅助语言来"演"故事，用生动、夸张的手法来呈现故事，有时还可以用故意犯错来培养孩子读图的敏感度。教师在引导孩子阅读正文时，一定要注意不要急着说教，也不能不断地提问、说明，犹如应试教育一般，应该把看书、思考的空间留给孩子，让他们有足够的时间来品味故事，让他们的体验和感受经过时间沉淀，再慢慢地转化为自己知识和智能。在教师给孩子读图画书时，也一定要让孩子自己看图画。每一个孩子都是读图画的天才，只要故事在图画上表现出来，那么孩子的眼睛就会发现它们。他们能发现画家没有发现的破绽，能读出成人料想不到的意思。在听老师读《好饿的毛毛虫》时，就有孩子一边盯着那条因为贪吃而肚子痛的毛毛虫，一边做出了自己的诊断："毛毛虫是因为妈妈不在身边才生病的。"因为孩子从毛毛虫身上联想到了自己，像他们这样的孩子肚子痛时，首先寻求的就是妈妈的安慰。

5. 没有结束的封底

合上一本绘本时，绘本的故事就已经讲完了吗？答案当然是否定的。比如在日本几乎家喻户晓的绘本《第一次上街买东西》的封底，就没有重复书里的故事，而是把故事的结尾延续到了封底上。这本书讲的是一个小女孩第一次上街去买牛奶的经历：躲闪自行车、摔破了膝盖……故事的结尾，是小女孩的妈妈等在巷子口，然后和她一起朝家里走去的背影。小女孩回到家里的情形又是怎样的呢？仿佛为了回应读者的期待，画家林明子在封底上又添上了一幅温馨的画面：小女孩和婴儿在喝她新买来的牛奶，她的一条腿搁在妈妈的腿上，两个膝盖上都贴上了创口贴……可以说，作者一直把这个故事讲到了封底上。《蚯蚓日记》的封底粗看和封面没什么两样，可仔细一看，只见绘本的主人公小蚯蚓写的日记本上多了这么一句话——"我有一种被偷看的感觉"，让人不禁哑然失笑！孩子们和绘本中的小蚯蚓的距离更近了，通过画面，读者和文本又进行了一次对话。

（二）感悟绘本内涵，享受阅读的快乐

　　在绘本阅读的过程中，要以绘本为感动与快乐的源泉，让孩子在类似游戏的活动中充分享受阅读的快乐，在笑声中心有所动、情有所感。对于文本内涵的感悟一定要把握好度，不必明确告诉孩子什么道理，而是要感动他们。如绘本《亲爱的小鱼》就是一个非常感人、温馨的故事。借着一只猫的自我独白，表达着爱与理解的深刻内涵，值得我们细细揣摩。如何让孩子感受到故事里爱与被爱的主题呢？我在给孩子们讲述时，把故事里的小猫和小鱼假想为是妈妈和孩子，让孩子通过回忆妈妈对自己的爱，从而体会到故事里小猫对小鱼的爱，同时也理解了故事里小鱼为什么愿意放弃自由，选择永远陪伴在小猫身边。看着这样的画面，感受着这样的氛围，孩子纷纷动情地说："妈妈，我爱你……""妈妈，我以后会永远陪着你"……这样不但让学生真正感受并体验到了绘本所传递的爱与感动，也让孩子们真正享受到了阅读的快乐，从而激发了阅读的兴趣。

（三）拓展延伸活动，多形式表现绘本

　　在绘本阅读的过程中，要重视孩子读图能力和想象能力的培养，可以选择最富想象最动人的图画引导学生细细地观赏图画中的形象、色彩、细节等，开展形式多样、丰富多彩的拓展延伸活动。

　　1. 创造想象，自编故事。读《蚯蚓日记》系列后，直接在绘本的留白处写写画画，感受画面所流露的情感、所表达的意蕴，遐想文字以外、图画以外的世界；读《别再亲来亲去》，可以续写故事……

　　2. 提供材料，表现故事。读《驴子弟弟变石头》后演故事；读《泰迪熊搬家记》，可以学画地图；读《嘟嘟与巴豆》可以学习写信，介绍各地风土人情……

（四）感悟绘本内涵，享受阅读的快乐

　　在绘本阅读的过程中，要以绘本为感动与快乐的源泉，让孩子在类似游戏的活动中充分享受阅读的快乐，在笑声中心有所动、情有所感。对于文本内涵的感悟一定要把握好度，不必明确告诉孩子什么道理，而是要感动他们。

　　如绘本《亲爱的小鱼》就是一个非常感人、温馨的故事。借着一只猫的自我独白，表达着爱与理解的深刻内涵，值得我们细细揣摩。如何让孩子感受到故事里爱与被爱的主题呢？我在给幼儿讲述时，把故事里的小猫和小鱼假想为是妈妈和孩子，让孩子通过回忆妈妈对自己的爱，从而体会到故事里小猫对小鱼的爱，同时也理解了故事里小鱼为什么愿意放弃自由，选择永远陪伴在小猫身边。看着这样的画面，感受着这样的氛围，孩子纷纷动情地说："妈妈，我爱你……""妈妈，我以后会永远陪着你"……这样不但化抽象、深刻的内涵为形象而真切地表达了情感，孩子也

真正感受并体验到了绘本所传递的爱与感动，孩子们真正享受到阅读的快乐，从而激发了阅读的兴趣。

（五）拓展延伸活动，多形式表现绘本

在绘本阅读的过程中，要重视孩子读图能力和想象能力的培养，可以选择最富想象最动人的图画引导学生细细地观赏图画中的形象、色彩、细节等，开展形式多样、丰富多彩的拓展延伸活动。

1. 创造想象，自编故事。读《蚯蚓日记》系列后，直接在绘本的留白处写写画画，感受画面所流露的情感、所表达的意蕴，遐想文字以外、图画以外的世界；读《别再亲来亲去》，可以续写故事……

2. 提供材料，表现故事。读《驴子弟弟变石头》后演故事；读《泰迪熊搬家记》，可以学画地图；读《嘟嘟与巴豆》可以学习写信，介绍各地风土人情……

二、创新激活绘本"悦读"的途径

（一）看一看"图画"，明了阅读主题

图画书以图画为主，文字故事依然重要，但是它需要图画来表现和升华，图画被视为有高度的艺术。尤里·舒尔维兹是一位获过美国图画书大奖凯迪克奖的画家，同时也是一位研究者，他在论著《用图画写作：如何创作儿童图画书》中说："一本真正的图画书，主要或全部用图画讲故事。在需要文字的场合，文字只起辅助作用。只有当图画无法表现时，才需要用文字来讲述。"图文并茂的绘本容易吸引孩子，说绘本故事时不要急着翻页，让学生仔仔细细地去看那些图画，引导他们在看图中读懂故事、发现细节并感悟内涵。

如《大猩猩》的图画充满了"示意"性：照亮安娜的电视机光亮映衬出安娜的孤独和爸爸的冷漠；墙上挂的安娜的画暗示着她对有阳光照耀（父爱）的家庭生活的渴望；爸爸牵着她迎向早晨的太阳走去，使读者对安娜的生活恢复了信心。

又如《爷爷一定有办法》的图画讲述了两个故事：地板上约瑟一家的故事和地板下老鼠一家的故事。在和孩子们阅读完这个故事时，笔者抓住故事的结尾，孩子们发现纽扣不见了，笔者出示"老鼠全家福"，请孩子们看图：谁已经发现了纽扣？原来在约瑟家地板的下面还有老鼠一家呢，他们与布料之间也有个奇妙的故事。你们看，一只小老鼠拿着一支笔正在编写这个奇妙的故事，老鼠一家正津津有味地听着小老鼠讲故事，你能前后比较、上下对照编老鼠一家与蓝布料的故事吗？学生互相讨论交流着，故事编得有声有色。最后，笔者再次出示蓝色布料图片，问："同学们，在这块蓝色布料中，你看到了什么？爷爷、鼠爸鼠妈为孩子们做了这么多事，

这么有智慧，这一切的一切都源于什么？（爱）"这样通过图画，将书中蕴含的真善美和大智慧让学生潜移默化地感受到了。

（二）猜一猜"情节"，丰富孩子想象

绘本用简单的故事、精练的文字和唯美的图画，给读者提供一个广阔的思考和想象的空间。好的绘本可以强化孩子的观察力，提升孩子的想象力。教师要善于抓住文本的切入点，在阅读绘本的过程中，可以选择最富想象力、最动人的图画，引导学生细细地观赏图画中的形象、色彩、细节等，感受画面所流露的情感、所表达的意蕴，遐想文字以外、图画以外的世界，引导学生"猜一猜"。学生在阅读中知道自己的猜测准确，获得即时的成功体验，可极大地满足孩子爱想象的心理，从而激发其阅读的兴趣。

如《猜猜我有多爱你》是一个充满了爱的气氛和童趣的绘本故事。在开始导读这个故事时，笔者从封面开始抓住图，让学生先看图并说说图上画了什么，接着就抓住学生好奇心强的特点让他们猜一猜小兔子抓住大兔子的耳朵会说什么？学生在饶有兴趣的猜测中，丰富了想象。这个故事导读中用了统一的句式——"我爱你，（ ）"，笔者便抓住这个切入点，引导学生转换角色，"如果你是小兔子，你会怎么表达对大兔子的爱呢？如果你是大兔子，你又会怎么回答小兔子呢？"让学生畅快地想象，在饶有兴趣的猜测中来体会妈妈对孩子那浓浓的爱，这激发了学生的阅读兴趣，从而使他们爱上了阅读。

（三）演一演"角色"，强化情感体验

师生在看绘本、猜绘本的故事情节中，可以模仿角色的言行举止，让学生与书中的角色同甘共苦，感受绘本中人物的各种情感，加深情感体验和对主题的理解，也可以交换角色扮演。此法可增强学生对阅读活动的兴趣，提高孩子口头语言和肢体语言的表达能力，加深其对绘本的理解。

如绘本《不要再笑了，裘裘》讲了一只负鼠妈妈和一只叫裘裘的小负鼠的故事。小负鼠裘裘很爱笑，在练本领"装死"时觉得妈妈扮演"狐狸""大灰狼""熊"都很好笑，妈妈很担心。但在遇到危险时，裘裘学会了"装死"，并能和敌人大熊成为好朋友，让大熊学会了"笑"。这是笔者和学生读的第一个故事，在和学生共同读这个故事时，采用分角色朗读、分角色扮演的方式，笔者扮演裘裘的妈妈教裘裘练"装死"的本领时，学生扮演的裘裘却笑个不停。问问学生为什么觉得好笑呢？他们的回答是因为妈妈是亲人，是绝对不会伤害自己的，所以不管妈妈扮狐狸还是饿狼，对于裘裘来说，都是非常好笑的一件事。和学生在共演中阅读了这个故事，孩子们很高兴，兴趣高涨，同时在轻松愉快中感悟了主题。他们觉得这样的书太有意思了，于是要求再阅读一遍。

（四）创一创"故事"，拓展绘本空间

形象生动的绘本图画，内涵丰富深邃，如果就图讲图，学生的想象便会受到绘本内容的局限。因此，教师应捕捉绘本中蕴含的智力因素，引导学生在观察、揣摩图意的基础上，充分利用图画这一形象思维的载体，创一创、动一动，进行合理的补充、连接、组合。如：读《爷爷一定有办法》，可以续编个故事《老鼠一家有办法》；读《猜猜我有多爱你》，可以将对妈妈、爸爸、爷爷、奶奶等亲人的爱用自己喜欢的方式表达出来；读《狐狸爸爸鸭儿子》，可以想象一下狐狸爸爸还会教鸭儿子什么事，用图画画出来；读《我是彩虹鱼》，可以将自己的最好的东西与别人分享并画出来；读《我想有颗星星》，可以说说自己的愿望是什么；读《不要再笑了，裘裘》，可以将故事讲给父母听。很多家长反映，学生在家里表演故事常常有令人惊喜的表现。

学生将故事讲给父母听、表演、续编、画出故事内容时，在轻松愉悦的阅读中和增强自信的表演互动中，埋下了影响终身的阅读种子。美国凯迪克金奖得主艾伦·赛伊曾说："好的故事会改变孩子的思维、情感、心灵和看待事情的眼光。"小小绘本，魅力无穷。

阅读是一辈子的事，阅读绘本所给予的不仅是眼睛的享受，更多的是细节的领悟和心灵的体会……儿童在与绘本进行心灵对话中，在闪烁着人性光辉、充满大自然和谐和童真童趣的字里行间徜徉时，必定会开阔眼界，丰富内心，升华境界，健全人格。教师与儿童一起阅读绘本故事，自己也仿佛穿越时空隧道回到了童年时光，眼中的世界也因此而变得更美好。

第三节 整本阅读方法指导

古人云：开卷有益。课外阅读可以增长知识，开阔视野。我们在课堂上学到的，仅仅是知识海洋中的一瓢水，只有引导学生广泛阅读，才能带领他们"从狭隘的地方，驶向生活的无限广阔的海洋"。

《语文课程标准》指出："培养学生广泛的阅读兴趣，扩大阅读面，增加阅读量，提倡少做题，多读书，好读书，读好书，读整本的书。"这里，有"整本书"的概念。的确，如果我们的语文教学，仅停留在单篇短章的阅读而不关注整本书的阅读，良好的阅读习惯是很难有效养成的，学生的阅读能力也不会很高，不能算真正学会了阅读。因此，学生需要学会独立阅读整本书。教师可从以下方面进行指导：

一、精彩导读，激发阅读欲望

苏霍姆林斯基说过："所有智力方面的工作，都依赖于兴趣。"只有学生对阅读材料产生兴趣，阅读的内部动力被调动，才能开发心智，提高自主阅读意识。学生强烈的阅读期待，是他们喜欢读书、持久读书的关键。然而形成兴趣的过程并不简单，需要教师用心经营，读整本的书更是这样。

所谓"导读"，就是在孩子阅读之前进行的阅读，以激趣为主。

1. 导读可以从"精彩片段"入手，让学生初步领略该书的魅力

如在导读《假如给我三天光明》时，我首先给孩子准备了一段优美的文字并配以优美的音乐进行朗诵："我将手爱抚地摸着桦树光滑的表面或松树粗糙不平的树皮。春天我满怀希望地触摸树枝，搜寻叶芽……我感受花朵令人愉快的丝绒般的质感……偶尔当我把手轻轻地放在一棵小树上时，会感觉到一只小鸟高歌时快乐的震颤……"当孩子沉浸于语言文字的优美时，我又引导孩子发现这段文字与众不同之处——这么美的画面是作者触摸、感受到的。在此基础上，呈现作者海伦·凯勒的照片及介绍，告诉孩子那段生动的文字就来自她的自传，来自一个生活在黑暗中却又给人类带来光明的女性笔下。孩子被深深震撼了，同时也对这本书有了期待，阅读兴趣自然被引发出来了。

2. 导读，还可以从"人物形象"入手

很多作品人物形象鲜明，教师可以展现人物的所作所为和性格特点，这样，学生会因对人物产生兴趣而引发阅读的欲望。像《蓝色海豚岛》《草房子》《窗边的

小豆豆》等，主人公形象鲜明，都可以先去感知人物特点。我在导读《草房子》时，就让孩子先阅读了一段桑桑的故事——将家里的碗柜改装成鸽笼；拆下家中的蚊帐去捕鱼……调皮可爱的桑桑一下"勾"住了孩子的心，他们自然迫不及待要去阅读了。

二、深入交流，提升阅读质量

在阅读过程中，组织学生深入讨论是必不可少的。通过深入交流、互动分享，学生不但能分享读书的快乐，持续阅读的激情，还能深化对书的理解。阅读中的交流分享，能让学生的思维相互碰撞，会激起智慧的火花，会使学生的精神领域更加充实。

1. 巧妙设计阅读卡片，引导深入阅读

在阅读《青铜葵花》第六章《冰项链》时，我设计了这样的阅读卡片："这一章节中，让你感动的地方有？……""当葵花带着这一串晶莹剔透的项链时，她仿佛看到了什么？她的心中又在想些什么？"

这样的阅读卡片设计，能让学生走进人物内心，感受人物情感，对书的理解也会更深人。

2. 有效开展阅读活动，深化阅读理解

成立书友队，开展班级读书会，亲子共读……这些活动都是引导学生进行深入阅读的方法。如在阅读《鼹鼠的月亮河》时，我让孩子根据各自喜欢的内容自主创编童话剧，孩子的表演惟妙惟肖；在阅读《三国演义》时，则采取"故事会"的形式，鼓励学生大胆讲述自己感兴趣的故事。每日早晨的那三五分钟，就成了孩子们最快乐的时光。从阅读到表演、讲述，其实还包含着学生对故事的理解和语言文字的运用，孩子们在活动中不知不觉提高了阅读能力。

三、总结升华，主题阅读延伸

阅读结束，一定不能缺少对这部作品的总结升华。要指导学生从整体把握这部作品。如在指导《夏洛的网》时，我和孩子们这样交流："这是一首关于生命，友情，爱与忠诚的赞歌！这样的友情，让我们读来感到无尽的温暖与震撼。请拿起笔，写下你的'真情感言'。""读完本书，对于我们怎样看待生命，看待友情，会有一定的启示。掩卷沉思，你一定感慨良多，此时，你想说什么？"……自然这样的阅读交流使阅读活动引向更为广阔的时空，学生对作品也有了浑然一体的把握。

四、持之以恒，养成阅读习惯

阅读的习惯可以有很多，比如阅读的姿势、阅读的方法、阅读的风格等等，其实阅读的习惯主要就是乐意阅读、有效阅读、享受阅读。通常我们需要营造良好的读书氛围，使学生受到情感的陶冶。一个喜欢阅读的教师更容易带出一批喜欢阅读的学生。教师首先要在教学中利用一切适当的机会营造良好氛围，激发学生对课外阅读的兴趣。如午间的阅读时间，我会和孩子们一起捧起心爱的书籍，沉浸在书的海洋里；课堂上，我会适时拓展相关书籍。

我们还可以像康娜太太那样坚持为孩子们大声朗读，也许孩子们也会像达尔一样成为一个"贪得无厌"的小书虫了。教师也可以组织孩子进行持续默读，即在一段时间内，让孩子们选择自己喜欢的书独立阅读。也许，孩子在不经意间成就了阅读的习惯，成就了幸福的一生。

一本书呈现的就是一个复杂的世界，一个孩童通过阅读自由穿行其间，体验现实中不可能体验的情感……一个生命，有了这种体验，他的童年生活才是饱满的，幸福的。伴着书香，让我们一起行走在幸福的路上。

第四节　群文阅读方法指导

群文阅读，就是在一定时间空间内，探索性地阅读一组相关联的文章的阅读方式，是对传统阅读的发展和有效补充，是阅读教学的新命题。群文阅读教学，其目的在于通过一组群文的学习，为学生营造生活化、原生态的阅读情境，提供更为丰富而多样的阅读资源，通过多篇有关联的文章的阅读，使学生掌握生活化阅读的基本方法，在探索性的阅读实践中，使学生语文素养得到提升。因此，作为教育者的我们要明白——群文阅读的主体是学生。把阅读还给学生、让学生绽放光彩，才是群文阅读教学成功的核心理念。

那么如何指导学生进行群文阅读呢？

根据群文阅读特点及当前小学教学现状，笔者认为可以通过以下几方面来进行。

一、群文阅读应该围绕主题来开展

群文阅读教学，首先是要选好文章，围绕一个主题把多篇文章串在一起。现在的教材就是按单元按主题来呈现的，一个单元一个主题，教师可以从文章内容、人文内涵、表达方式等多角度确定主题，围绕主题精选文章。

如"珍惜时间""尊重生命""弘扬祖国传统文化"等，我们可以根据单元的需要，有目的地选取相同结构的文章，拓展学生的阅读面，提升学生的阅读感悟。

二、群文阅读要有结构地呈现文章

群文阅读，不是一篇一篇孤立地呈现文章，也不是把多篇文章无序地全部呈现，以一篇带多篇，教师容易教，学生容易学，可操作性强，能很好地提高教学目标的达成度。

我们可以采用分组递进式的群文阅读教学结构，即先读一组文章，再读另一组文章。抗议采用反复重读式的群文阅读教学结构，即先读一组文章，再重读这组文章。

三、群文阅读要有意识地渗透方法

"授人以鱼，不如授人以渔"，群文阅读教学，不仅要让学生从多篇文章阅读中获取丰富的信息，更重要的是让学生学会快速阅读、整合信息、质疑讨论等群文阅读的策略。

让学生学会快速阅读的策略。群文阅读教学，学生一节课要阅读多篇文章，用得比较多的是默读和略读、浏览，这也是人们在日常生活和工作中常用的阅读方式，我们要有意识地渗透这些快速阅读的方法。

让学生学会整合信息的策略。群文阅读教学，不必拘泥于单篇文章阅读时的字词理解，应侧重在大量阅读中提取信息，综合思考，我们要有意识地渗透整合信息的阅读策略，培养学生比较、综合、概括、归纳等阅读能力。

让学生学会质疑讨论的策略。群文阅读教学，不同体裁、不同表达形式、不同语言风格、不同作者的文章，给学生带来了丰富的信息量和巨大的思考空间，也给学生带来了许多疑惑，难以全面理解，需要在交流讨论中厘清。在群文阅读教学中，我们要有意识地渗透质疑讨论的阅读方法，鼓励学生从不同角度表述自己的观点、提出自己的问题、和同学进行讨论。

群文阅读有利于丰富和完善小学语文单元模式，有利于培养学生整体把握文章的能力，有利于学生提升阅读能力等，因此，我们在教学中要结合学生的实际能力和水平，最大限度地发挥出学生学习的潜力，让群文阅读大放光彩。

四、指导学生略读、浏览、跳读，培养学生新的阅读方式

在传统的单篇课文的学习中，我们习惯运用深探细究的精读学习的模式，习惯在课堂上大量练习有感情朗读。一篇 500 字左右的精读课文要教两课时，略读课文要教一课时，教师可以慢慢教，学生可以慢慢读。这种阅读教学方式看似慢工出细

活，夯实学生学习功底，实则严重影响了学生阅读能力的提高。沈大安老师曾指出："把课堂上大量宝贵的实践用来练习有感情朗读，是我国小学语文时间运筹上的一个失误。"

群文阅读，则要求学生在一个单位时间内阅读相关联的多篇文章，更关注学生的阅读数量和速度，更关注学生在多种多样文章阅读过程中的意义建构。群文阅读，意味着不能将"朗读""有感情朗读"无限放大，要有新的阅读方式和习惯。在群文阅读教学中，学生在一节课中需要读三篇以上的文章，就要求学生提高阅读速度，提高思维的敏捷性和灵活性。因此，教师必须根据读物的不同性质，指导学生更多地尝试略读、浏览、跳读等阅读方式，提高学生快速阅读的能力。初读课文时教师应要求学生快速默读课文，读文后对文本内容用关键词句进行概括；再读课文时跳读、扫读，把重点词、句、段画出来读一读，强化学生的阅读感受。

五、指导学生学会整合信息

群文阅读教学，不必拘泥于单篇文章阅读时的字词理解，应侧重在大量阅读中提取信息，综合思考，我们要有意识地渗透整合信息的阅读策略，培养学生比较、综合、概括、归纳等阅读能力。如戴一苗老师教学非连续性文本《寻找食物》的群文阅读，就运用了范恩图的阅读策略，引导学生从《湿原虫怎样寻找食物》和《蚂蚁的路径》两篇文章中提取信息，比较蚂蚁和湿原虫在寻找食物的方法上有哪些相同和不同的地方。在群文阅读教学中，还可以渗透概念圈的阅读策略，通过在多篇文章阅读中不断深化对核心概念的理解；渗透对照表的阅读策略，让学生从多篇文章中提取信息，进行比较分析等。

六、指导学生学会质疑讨论

群文阅读教学，不同体裁、不同表达形式、不同语言风格、不同作者的文章，给学生带来了丰富的信息量和巨大的思考空间，也给学生带来了许多疑惑，难以全面理解，需要在交流讨论中厘清。在群文阅读教学中，我们要有意识地指导学生学会质疑讨论，鼓励学生从不同角度表述自己的观点、提出自己的问题、和同学进行讨论。如蒋军晶老师教学的群文阅读《创世神话》，在引导学生寻找各国创世神话故事的共同之处时，激发学生质疑：为什么不同地方的原始人都认为原始世界像一个蛋、神话故事中都有一个本领超群的神、世界万物都是神变化而来的质疑后引导学生猜测讨论：我认为鸡蛋里黑乎乎的，当时混沌的世界也是黑色的；世界上所有的星球都是圆的，蛋也是圆的；蛋是封闭的，我估计原始人认为宇宙是永远都走不出去的，指导学生学会分享。

学生分享学习所得是群文阅读课堂的主体环节，在这个环节中，开展民主、互动、多元的对话，不仅能让孩子们一同分享到阅读心得，而且营造出浓厚的团队读书氛围，提高个体与群体阅读素养。在这里，学生的感悟无论是深刻还是肤浅，都是属于他们的独特感悟，教师都应充分地尊重和鼓励，让他们感受到成功的喜悦。

此时，教师要摆正自己在活动中的角色，教师应该是学生阅读兴趣的激发者，应该是学生开展阅读活动的引导者，应该是读书会过程的组织者，还应该是阅读活动的参与者与聆听者。在这个环节中，教师不是一味地将课文讲深，而更多的是关注学生多元的理解。课堂似乎少了一些精彩，但其实这种"聊书"的形式让他们感觉很轻松，而且很有成就感。

总之，群文阅读立足点在于学生的基础上，在大量的阅读中，让学生学会阅读，从而培养起学生对语文学科的兴趣，及良好的自主阅读习惯。我认为习得方法比获得知识更重要，授人以鱼不如授人以渔。群文阅读教学，不仅要让学生从多篇文章阅读中获取丰富的信息，更重要的是让学生学会快速阅读、整合信息、质疑讨论、相互分享等群文阅读的策略。

第五章　课外阅读多风采

　　在近年的政府工作报告中，国务院总理李克强希望全民阅读形成一种氛围。书籍和阅读可以说是人类文明传承的主要载体，用闲暇时间来阅读是一种享受，也是拥有的一种财富。笔者所在学校出台了《学生阅读工程实施意见》，扎实推进了"书香校园"建设，强化学生课外阅读的过程管理，并初步形成扎实有效的课外阅读推进策略。

　　课外阅读是"取法于课内，得益于课外"。纵观语文教学，在课堂上获得的知识是有限的，其源泉是课外阅读。俗话说："熟读唐诗三百首，不会作诗也会吟。"所以我们在进行语文课外活动教学时应把课外阅读列为主要内容之一，作为语文知识的补充和延伸。

第一节　书目推荐指导

　　读书可以陶冶人的情操，启迪人的智慧，扩大人的视野。对小学基础教育阶段的学生更是如此。教师在引导学生自主选择课外阅读书籍时还应给学生的阅读制定原则，让学生有广泛的选择机会，并以活动激趣促阅读，身体力行引领阅读导向。

　　二十世纪最伟大的心灵导师卡耐基说过："真正的读书使瞌睡者醒来，给未定目标者选择适当的目标。正当的书籍指示人以正道，使其避免误入歧途。"小学基础教育阶段学生正处在阅读的初始阶段，他们读了哪些书、是怎么读的书，将会潜移默化地影响他们的心灵空间、人文素养、价值取向等。要让学生爱读书、会读书，首先就要帮助学生选择感兴趣的书、选择能够从中有所受益的书，而后逐步引导学生学会自主选择书籍。只有这样，才能让学生成为一个真正喜欢读书，也真正会读书的阅读者，让阅读这一习惯伴随学生终身。

一、书目选择的必要性

从以上的分析可以看出，我们必须要调动学生的兴趣，拓宽学生的阅读面，引导学生体味语言文字的魅力，而不是只盯着色彩艳丽的插图看，还有天文、地理、历史、科普、文学类书籍及报纸杂志等都应该有所涉猎，这样学生的知识面才会更广。不能广泛涉猎各种领域的知识，学生分析事物的视角和思考问题的范围就会很狭窄，就会影响学生自我学习的能力，降低学生阅读和学习新知的兴趣。所以，学生应学会自主选择书籍。

学生学会自主选择书籍，可以增强他们的独立性和自主学习能力，丰富他们的知识，使他们敢于突破传统思维，充分发挥自己的想象力进行发明创造。同时也可以强化学生的自我意识，使学生能够独立自主地做好事情，不会对父母或者他人有较强的依赖心理。这样，学生就可以较快地融入新的环境中，在新的环境里愉快地学习和生活。

二、指导学生学会自主选择

读书有益，但未必就是开卷有益。作为教师要帮助学生学会选择正确的课外阅读书籍，这样才能真正意义上引导学生爱上阅读、健康阅读。

（一）以学段特征为基础

我们知道，每个学段学生的认知水平不一样，因此，阅读量的要求也不一样，课外书籍的类型也会不一样。低年级学生，应该以阅读绘本、连环画、拼音读物为主，如绘本《猜猜我有多爱你》、拼音读物《安徒生童话选》《地球日记》等；中年级学生，应该以阅读童话、寓言、儿童小说、科普读物等为主，如《格林童话》《伊索寓言》《时代广场的蟋蟀》《爱的教育》《窗边的小豆豆》《十万个为什么》等；高年级学生，可以阅读层次较高的儿童文学作品、科普历史读物和一部分古今中外的经典文学作品，如《草房子》《鲁宾孙漂流记》《水浒传》《上下五千年》《三十六计》等。总体的原则是：由浅入深、由少到多、由简单到复杂。

（二）给学生的阅读制定原则

小学不同年级的学生心智发展不一样，心智成熟程度不一，但基本表现出来的都是不够成熟。因此学生往往无法判断事物的正确性。做任何事情之前，原则是必须有的，阅读也是一样的道理。教学生学会自主选择书籍的同时，教师也要给学生制定好阅读必须遵循的原则。课外读物的选择应以思想内容好，语言文字好，适合儿童阅读为标准。坚决杜绝一些非法出版物和不健康的书刊在学生中传阅，从而造成种种不良影响。一旦制定了读书的原则，就务必要求学生遵守。

（三）尊重学生的个性差异

课标规定的阅读量是保底的要求，基础不好、阅读能力不强的学生能够达到这个标准就可以了；对于学有余力的学生，上不封顶，应鼓励他们超量阅读。在开展全班共读的时候，应尊重学生的个性差异，允许少量学生改变书目，读自己喜欢的书籍

（四）丰富书目让学生有广泛的选择机会

语文老师推荐书籍，可能会以文学类书籍为主，这个方向也是对的，但不能一味只读文学书。鲁迅曾经说："只看一个人的著作，结果是不大好的，你就得不到多方面的优点，必须如蜜蜂一样，采过许多花，才能酿出蜜来，倘若叮在一处，所得就非常有限，枯燥了。"老师推荐书目，在以文学类书籍为主的基础上，辅之以历史、军事、科学、名人传记等读物。最好征求数学、英语、艺体等学科老师的建议，让他们也参与班级阅读书目的建设中来。

学生在刚开始阅读的时候，可能并不了解自己的兴趣点是什么，教师可以让家长带着他们去书店、图书馆等有大量的图书可供选择的地方，让学生有广泛的选择机会。这样，学生就可以了解到自己喜欢读什么类型的书、什么层面的书适合自己。

英国哲学家培根说过："读史使人明智，读诗使人灵秀，数学使人精细，物理使人深沉，伦理使人庄重，逻辑修辞使人善辩。"但同一种书的知识范围有限，学生长期接受一种知识就难以形成开阔、创新和活跃的思维。长此以往，学生的思维可能趋向固化，难以接受其他新思维，甚至会变得偏执。而接触不同的书籍有助于拓展学生的思维。所以，我们可鼓励学生各种书都读一些。

（五）活动激趣促阅读

笔者提倡学生自主选择书籍，那如何激发他们对所选、所读书籍的兴趣呢？开展多元化的读书活动无疑是一个极为有效的手段。

1. 名家引领。在学生的眼中，他们所喜爱的书籍的作者不亚于舞台上的明星。所以，让这些他们平时只在书上看到的作家来到他们的身边，肯定会激起他们更大的阅读兴趣。如我校在"校园读书节"期间请来了《男生贾里》《女生贾梅》的作者，著名儿童文学作家秦文君女士，让她给学生做了一场阅读讲座，并与学生进行了现场互动。学生们见到了真正的作家并与之交流，无比激动，在校园内掀起了一股阅读秦文君系列作品的高潮。这样的引领效果显而易见。

2. 比赛活动。比赛活动会激发一个人的创造力，挖掘出一个人的潜力。举办多种形式的比赛，让学生换一种形式来阅读会让学生有更强烈的阅读愿望。比如，我

们举办的手抄报比赛，主题为"向你推荐一本好书"。通过这样的比赛，学生在自己的手抄报上把读过的好书向别的同学进行推荐。一方面让其他同学了解了这本书，另一方面由于要想办法让别人喜爱自己推荐的书，自己就要深入阅读，介绍出这本书的特点，这就激发了学生的阅读兴趣。这样的比赛在引导学生如何选择更好的书籍上发挥了很大的作用，很多学生正是通过手抄报知道了书籍，从而去阅读它。类似的比赛还可以有很多，如书签制作、读书卡片制作、讲故事比赛、童话剧表演……

3. 亲子阅读。家庭是学生成长的港湾，家长是学生的第一任老师。营造良好的阅读环境，和孩子一起进行亲子阅读是促进孩子阅读能力成长的重要手段。教师可以教给家长指导孩子自主选择书籍的方法，让他们在家庭中发挥引导和督促的作用，这往往会达到事半功倍的效果。

（六）身体力行引领阅读导向

在中低年级学生自主选择书籍能力的形成时期，教师的引领作用显得尤为重要。我认为教师要做到：根据新课标提出的小学生必读书籍，给学生列好书目；要与时俱进，及时介绍好的新书，让学生学会关注新的阅读动态；教师首先是阅读的榜样，应将自己平时所积累的好作者、好书籍介绍给学生。身教重于言教，学生在教师的带领下一定能学会选择、学会阅读。

高尔基曾经说过："我读书越多，书籍就使我和世界越接近，生活对我也变得越加光明和有意义。"阅读为学生打开了认识世界的一扇窗，为他们的生活带来了改变。而只有学生学会了自主选择阅读书籍，这扇窗外的景色才会更加美丽，他们的生活也才会更加美好。

第二节　读书笔记指导

做读书笔记是课外阅读的一种重要方法。丰富学生读书笔记的表达形式，发挥读书笔记多方面的功能，提升读书笔记的质量，离不开教师的指导。教师要通过指导学生做读书笔记（读前、读中、读后）就一些策略和方法进行总结和提炼，对提升学生语文能力大有益处。

《九年义务教育语文课程标准》在实施建议里明确指出："加强对课外阅读的指导，开展各种课外阅读活动，创造展示与交流的机会，营造人人爱读书的良好氛围。"学生的课外阅读活动，需要教师的指导。做读书笔记是课外阅读的一种重要方法，离不开教师的指导。下面笔者就如何指导学生做好读书笔记谈谈自己的一些实践探索。

一、读书笔记做前的指导

（一）尝试适合学生特点的新形式

传统的读书笔记大多采用摘抄好词好句及写读后感的方式。这样操作时间长了，学生会失去兴趣。我们在传统的读书笔记上有所创新，教给学生多样的呈现方式，要求学生根据书本特点采用自己喜欢的表达形式。

1. 绘本式

在阅读的书里，有许多配有插图，也有文字表达耐人寻味却不配插图的。我们引导学生把画画与阅读结合起来，让学生用图画配文字的形式再现书中的某一人物或情节。如读《埃米尔擒贼记》之前，我们给学生布置一个任务：读完书后，把你印象最深刻的一个画面画下来，可以结合插图，可以自己创造，并为图画配上相关的信息。这样图文结合，学生乐于尝试。

2. 粘贴式

写读书笔记的时候，有时候觉得一个栏目要写的内容较多，但是这个栏目的空间有限，我们就让学生把要写的文字先写到便利贴上，再一张一张叠起来粘贴到读书笔记本上，由于便利贴小巧又有色彩，很受孩子们欢迎。做科普读物读书笔记的时候，孩子们会搜集一些图片，贴在相应的栏目里，作为文字的补充。为了美化，有些孩子还喜欢根据内容贴相对应的活动照片、风景图片，这都值得肯定。

3. 表格式

顾名思义，就是读书笔记采用表格的形式。学生在阅读中根据预设表格，边读边思考，边归纳边整理。如《春田狐的爱》一书的阅读，可以就自己对狐狸的印象设计一份表格，填写自己原先对狐狸的印象以及阅读本书后对狐狸的新印象。

4. 评星式

评星式的读书笔记，一般包含以下栏目：日期、书名、作者、评价、推荐理由等。

5. 小报式

所谓小报式读书笔记，一般要求版面设计比较精美，内容丰富，书写端正，画面清晰，作品完整，可以用来展览或者用于教室布置，也可以用作收藏。小报式笔记相对费时，但往往有机会得以打印与展示，学生参与兴致高。

读书笔记的形式还有很多，以上罗列的几种可以单独成读书笔记，也可以几种形式组合在一起成一篇读书笔记。读书笔记的形式可以随着学生的年龄特征和课外读物不同风格而变化，需要教师不断地探索和挖掘。

（二）教给寻找读写结合点的方法

形式为内容服务，读书笔记做得好不好，最重要的就是内容了。我们要引导学生学会寻找读写结合点的方法，抓住读写结合点做读书笔记。

1. 连接生活法

儿童文学作品中，有许多富有情趣的情景画面以及触动心弦的语句。在阅读中，引导学生读好这些语段，并能联想自己的生活情景，借用文本中的特色语言描述自己的生活经历或一个体验。如《装在口袋里的爸爸》，当学生读到爸爸变小后，妈妈让他每天装在杨哥的口袋里监督他上学，同时还发生一系列有趣而又神奇的事情。学生读的时候心里充满了好奇和期待，读完后，就让学生想象写话：如果你的爸爸变小了，会发生什么事呢？做读书笔记的时候，就可以写一写。

2. 人物速写法

故事阅读中，总有让读者印象深刻的人物。读完故事后，每个孩子对人物的理解和认识角度也是各不相同的。学生可以从不同的角度去认识，去设计人物名片，可以选择人物的外貌变化描述，可以选择人物的性格内心描写，也可以选择人物主要经历，理解能力强的学生可从多方面写。在《精灵鼠小弟》中，我们就尝试让学生设计人物名片。学生的读书笔记上出现了鼠小弟、野茉莉等多样化人物的名片。毫无疑问，学生的读书笔记内容也丰富多了。

3. 换位和想象法

想象自己是一名记者，对书里自己感兴趣的人物进行采访，然后尝试用被采访者的语气回答问题。或者把自己想象成书中的人物，根据故事情节发展，自己会有哪些经历，把它写成日记。还可以给书里自己尊敬或者喜欢的人物写信，请教问题或提出建议。在阅读过程中，鼓励学生同书中的人物进行心灵对话，如阅读《窗边的小豆豆》，做读书笔记时，可以和书中的小林校长或小豆豆对话，然后结合自己对文本的理解，进行回答。

4. 故事续编法

我们读任何一本书，总会进入故事中与书中人物一起快乐，一起难受，一起担心，总会带着自己的人生经验产生不同的体验或认识。学生读故事也一样，总喜欢按自己的意愿联想。对此，我们引导学生想象，想象你就是这本书的作者，描述一下书中的人物在本书诞生之前的几年或之后的几年发生了什么。如阅读《亲爱的汉修先生》，教师引导学生用上一段或者两段话，写一写鲍雷伊以后还会给汉修先生写什么信，学生兴致较高。

二、读书笔记做中的指导

开始阶段做读书笔记，我们可以要求学生去读课外按指定的书，课堂做读书笔记。在此基础上，慢慢放手让学生课外做读书笔记。读书笔记做中指导，主要关注两个方面。

（一）读书笔记栏目的设计

为了降低做读书笔记的难度，我们结合导读课，和学生一起设计读书笔记的栏目。比如读《昆虫记》，我们设计了四个栏目。栏目一：昆虫小名片；栏目二：作家笔下的昆虫；栏目三：我笔下的昆虫；栏目四：昆虫小百科。做读书笔记的时候，可以把这四个栏目都做进去，也可以选择其中几个，或者增设其他栏目。因为有栏目预设，学生就知道如何去做这份科普读物的读书笔记了。当学生初步掌握如何设计读书笔记栏目后，教师就开始放手，让学生自己去设计栏目。如《鼹鼠的月亮河》，有的学生设计了"美丽的月亮河""米加的梦想""友情的温暖""美好的结局"等栏目，都很有创意。

（二）阅读任务单的提供

阅读任务单能为学生提供阅读思考的路径，提示他们思考什么问题，可以用什么方法思考，沿着怎样的思路思考等。这样，学生就可以依据任务单的提示去完成读书笔记。根据课外读物的不同，我们提供的任务单也是不一样的。

1. 指向关注人物形象的任务单

小学生阅读的材料大多是儿童文学，这类作品一般有个性鲜明的人物形象，有调皮捣蛋的，有善良天真的，有幽默搞笑的，也有可亲可敬的。这些丰富的人物形象在学生看完一部作品时的印象有些凌乱，阅读这类作品时，提供设计"人物名片""人物小档案"及"我来描述你来猜""人物关系图"等任务单。学生能根据人物特点进行描述，说明学生已经读懂了这本书，并且把这个人物的形象记在脑海里了。

2. 指向把握文本内容的任务单

在阅读了整本书后，需要引导学生对文本的内容进行整体的把握，这时，可以提供图式化的任务单，以帮助学生对书本内容有整体的感知，使做读书笔记过程变得既有趣又有效。如《爸爸变小记》，提供如下阅读对照表：

3. 指向故事情节的任务单

故事情节是小说阅读的要素之一，学生在读整本书的时候，最先关注的一般是故事情节，印象最深的最想聊的也是故事情节。教师针对故事情节特点提供学习任务单。比如，阅读《淘气包埃米尔》，让学生填写"心情日志"：

三、读书笔记做后的指导

学生做完读书笔记之后，教师要进行认真的批阅，在相关栏目运用评语或者表情等符号进行点评。除了点评外，采用"积分换星"的方式进行总评：字体工整积5分，内容质量优秀积20分，版面精美积5分，合计得35分及以上的，可以换一颗星贴上墙。一学期集齐6颗星的，有望评上"阅读之星"，奖励课外书一本。对积分高的读书笔记，及时进行展示与交流。通过实物投影或者将读书笔记拍成照片制成PPT。展示的时候，引导学生关注读书笔记的内容是否丰富，有没有自己个性化的表达，标题是否醒目，编排是否精美，有没有做到图文并茂等。这种展示与交流，也是一种指导，大家在互相观摩中学习，取长补短。对于大家普遍赞赏的优秀作品，教师通过发喜报、把拍成照片的读书笔记上传QQ家长群及陈列到班级展示园里进行奖励。读书笔记展示与交流后，学生对照优秀作品可以再次修改自己的读书笔记，使之完善。修改后的读书笔记，要继续予以加分，让学生尝到努力后的喜悦，激发他们保持浓厚的兴趣。

第三节　网络阅读指导

一、如何看待网络阅读。

网络阅读就是专指网络文化语境中的阅读活动，就是以计算机、手机以及电子书等终端阅览设备和互联网平台获取的多媒体合成信息与知识，完成超文本阅读的一种行为，它与传统纸张阅读的最大区别就是载体的变化。因此，网络阅读成为了一种新的发展趋势，对人类热阅读史而言，是一场伟大的变革，它将阅读的欣赏性、学习型以及娱乐性融为一体。然而，很多老师将网络阅读视为洪水猛兽，不许学生接触，其实我们应该正确看待网络阅读。

（一）网络阅读对小学生的正面影响。

首先，丰富阅读资源。传统的阅读方式就是图书、期刊 或者杂志，其信息量十分受限制。而网络阅读却是将文字、图片和视频信息融为一体，既包含各个学科领域，又不受时间空间的限制，这无形中就给小学生的阅读提供了便利条件。

其次，共享阅读资源。现在，伴随着信息技术的快速发展，我们只要通过网络连接就能分享各种资源。传统的阅读通常都是一对一的封闭性的阅读模式，而网络阅读的模式却是丰富多样的，即一对一、一对多的双向甚至多向互动等模式。在网络环境的影响，青少年不在只是单向的信息接受，还可以与作品的作者或者其他读者相互交流或探讨自己的看法与见解。小学生还可以把自己感兴趣的网络信息通过下载等手段获得，实现信息共享。

最后，开放性的阅读空间，有利于小学生的个性化养成。

由于网络阅读具有不受时间空间限制的特性，这也为小学生提供了一个自由开放的阅读环境以及个性化的自由空间。他们既能根据自己的兴趣爱好自主选择相应的网络信息，还能通过各种网络 APP 等展示自我个性，有利于其思维能力的发散与感悟，推动小学生的个性化发展。

（二）网络阅读对小学生的负面影响。

首先，小学生人文精神的培养削弱。小学生在网络阅读的过程中，受其信息量丰富及超链接特点的影响，很容易就会产生迷茫，这在无形当中就降低了阅读的质量及其效率。网络阅读本身就具有很强的跳跃性，这很容易影响小学生的注意力，使其心态浮躁，不能进行深度阅读。小学生通常对卡通或者图画多的刊物比较感兴趣，更多的时候还会选择网页浏览。网络阅读缺乏对阅读习惯的尊重与培养，使得小学生的发展受到制约，并使他们对人文精神的培养意识淡薄。

其次，阅读内容杂乱无章，对小学生的健康成长产生影响。网络内容杂乱违章，违法信息更是层出不穷，小学生很轻易受其影响，尤其是对小学生的人生观、价值观及其世界观的形成造成极其负面的影响。网络信息集文字与音像于一体，很容易给小学生的感官造成强烈冲击，久而久之，小学生的思维跳跃性就会逐渐加强，想象力和逻辑能力逐渐减弱，影响其健康成长。

最后就是网络阅读容易产生严重的偏向性，其内容的特异性对小学生的个人信息及其人格养成都会产生极其严重的消极影响。

二、网络阅读指导

狄更斯说，这是最好的时代，也是最坏的时代。好是因为网络的便利条件为学生的网络阅读提供了更加方便的途径，拓宽了学生阅读学习的渠道，坏在网络环境的复杂性、网络内容的泥沙俱下，为小学生的网络阅读也带来了挑战。这就需要我们在指导小学生网络阅读时更加谨慎和细致，提供更加科学有效的策略。

（一）发挥网络资源优势，指导学生选择课外阅读内容

网络媒体优于纸质媒体的最大特点首先是具有海量的信息资源，结合网络超强信息容量的优势，指导学生课外阅读，有利于提高学生的阅读量。

1. 结合网络，依托课本，指导学生选择课外阅读内容

课本所选择的文章，只是一个个生动的例子。如果把课堂比作一方池塘的话，那么课堂之外就是汪洋大海。为此，在教学中，我们可以尝试着以课本为依托，发挥网络优势，丰富学生课外阅读内容。

（1）根据文体，选读同类型文章。当我们教学某种文体的课文时，可以引导学生选读同类体裁的读物，运用课内学到的阅读方法进行课外阅读实践，以达到课内得法，课外受益的效果。如：学习了《恐龙的灭绝》《阿德的梦》后，推荐学生上网搜索阅读《新编十万个为什么》；学习了《拔苗助长》《自相矛盾》，可推荐学生上网阅读《寓言故事》。

（2）根据作者，阅读系列作品。我们在课内教学了某一作者的文章后，可利用网络，搜索阅读该作者的其他作品。这样既可以激发学生的阅读兴趣，增加阅读量，又可以加深对这位作者作品内容的理解和对他写作风格的把握。如：学习了冰心的《只拣儿童多处行》后，引导学生上网搜索阅读《再寄小读者》《小橘灯》《我们把春天吵醒了》等儿童文学作品；学习了安徒生的《卖火柴的小女孩》后，引导学生网

上搜索课外阅读《海的女儿》《皇帝的新装》。

（3）根据内容，阅读相关的文章。①根据课文内容到网上搜索查找相关的时代背景、作者生平、人物故事等资料。如教学《詹天佑》之前，布置学生查阅清朝末年的社会背景、詹天佑生平、京张铁路等有关资料。②课文是节选的，就可以上网查找、阅读原著。如学习了《少年闰土》后，上网搜索阅读鲁迅的《故乡》。③课文是历史白话故事的，可以上网查找阅读故事的文言文。如学生学习了《草船借箭》《赤壁之战》后，可以上网阅读《三国演义》。

2.利用网络，整合归类，指导学生选择课外阅读内容

网络上的信息庞大，但对于小学生来说，有时令人无从下手。教师应根据学生实际，指导学生从以下几个方面对课外读物进行归类阅读。

（1）根据同一季节或同一事物寻找同类作品。在小学生课外阅读物里，很多都是描写同一季节或同一事物的文章，学生可以上网搜索描写同一季节或同一事物的相关读物进行阅读，这种系列性的阅读增加了学生的阅读量，同时也开阔了学生视野。如：在课外积累古诗《春夜喜雨》时，教师就可以指导学生通过上网搜索相关描写春雨的古诗或相关的文章（如果量多的话可以先下载收藏起来，慢慢阅读），并进行适当的比读，从而提升课外阅读的能力。

（2）根据作者归类阅读作品。教师可以根据学生对作者的喜好，搜索其相关作品进行系列性的阅读。如：阅读金子美玲的《向着明亮那方》这首诗时，有些学生很喜欢她的作品，教师就可以鼓励他们通过百度搜索了解她的背景，并寻找她的相关作品进行课外阅读。

（3）根据内容主旨归类阅读作品。每一学期，教师可以给学生几个课外读物内容主旨的关键词，让学生根据这些关键词进行网上阅读，如"爱心""感恩""自强"等。关键词的确定，低段应以积极乐观为主；到高段时，可以稍微涉及消极方面的，如"感伤""孤独"等（消极的关键词确定在数量上不能太多，一般每一学期穿插1个左右），每一个学期课外阅读关键词的确定，低段一般在2~3个，中、高段教师可以根据班级学生实际课外阅读水平适当增加。

（4）根据题材阅读类似作品。文章的体例有很多，如古诗、文言文、寓言、童话等，教师可以根据学生的年段协助其选择适合其实际年龄的课外读物。如：低段的可以以童话故事、寓言故事等为主，而中、高段可以适当选择一些文学性较强的文章进行阅读，如一些中外名著，还可以选读一些文言文等。一言以蔽之，现代信息技术的发展，确实为课外阅读打开了另一扇窗，透过这个窗口，学生们将会看到无限的光景，收获无穷的希望。

（二）发挥网络互动优势，使课外阅读学习更快捷、方便。

学生在课外阅读的过程中会产生各种各样的问题，自然，解答质疑是必不可少的了。孩子只要在"阅读论坛"上贴上"问题帖""投票帖"，写出自己的问题，全校老师和同学（甚至更多）都可以看到，浏览者可以把一些简单的问题进行解答，解答后的答案大家能够分享。值得一提的是，这样的解答有持续性，不同的观者可以给予不同角度的解答，所有的问题，总在不断的补充与完善中。而那些大家都不会的问题或是解答错的问题，教师、父母，网络上的朋友，随时可以跟帖回答，及时予以指导。

（三）利用校园网吧开展网络阅读方法培训

1. 激发兴趣，自主选择

在带领学生初次开展网络阅读时，可利用 Intercom 上的文字图片、声音、动画等资料引起学生兴趣，认识网络这个神奇的世界，为学生打开通向神奇世界的窗户，让学生更快，更有选择性地接受到更多、更新的信息。教师要教给学生网络阅读的方法，拥有网络阅读的技能，掌握两种在网络状态下进行"开放性"学习的方式：第一，"任务驱动搜寻式"，即按照"提出搜索任务→选择搜索引擎→输入关键字眼→查找相关资料（浏览、筛选、摘录、整理）的程序进行搜寻查阅式等开放性学习；第二，"自由浏览搜寻式"，即按照上网自由阅读浏览→摘录下载所需信息的程序进行开放性学习。同时，教师要给学生提供有关网站，尤其是一些具有搜索引擎的网站，如新浪网、中文雅虎和搜狐等，输入关键字，便可快捷地搜寻有关内容。学生怀着好奇的心情自由自在地点击鼠标，寻找自己感兴趣的图片、动画或视频，如动物、植物、风景等等，尽情地畅游在多彩的世界里。

2. 确定主题明确方向

在学生上网阅读前，教师要确定一个大的主题情境，激发学生产生阅读研究的动机，明确网络阅读的内容、方向，集中搜集某一主题的相关资料，唤醒学生对相关经验、表象的意识，促进学生对课文的理解。如《飞夺泸定桥》一文教学前，我发现学生对长征了解甚少，直接影响了学生对课文的理解。我组织学生以"长征"为主题，上网进行阅读。学生在主题的指引下，根据自己的兴趣在因特网或校园局域网上寻找相关信息。有的学生全面了解长征的基本概况；有的学生喜欢战争场面，于是他们集中搜集了长征中著名战役的资料；有的学生搜集大渡河、泸定桥的有关资料；有的学生搜集"飞夺泸定桥"的起因、经过、结果、当时天气等相关资料；有的学生下载了飞夺泸定桥的有关照片和敌我双方伤亡具体数据……课前，学生展示了自己从因特网上选取的大量的、丰富的有关图片以及文字素材。我结合课文内容，将这些资料经过优化组合，去粗取精、汰劣择优，把文中简洁的语言变成了丰富的画面。在教学中，我还扎扎实实地引导学生通过对语言文字的理解、想象，进行语言文字训练，理解课文内容。学生在网上有主题地拓展阅读，迅速快捷地获取了与课文内容联系紧密的资料，轻松地解决了社会背景这一难以理解的问题。由于事先确定主题，学生就能明确方向，整个网络阅读过程能做到有的放矢，有效地提高阅读效率。

3. 制作卡片归纳整理

面对海量的信息资源，引导学生将各自搜集的资料加以归类，并制作成电子读书卡片或纸质卡片。在这一过程中可以根据学习者的不同反馈，创设教学情景，深入地理解原文所包含的意义，帮助学生发展信息整理、归类能力。如《只有一个地球》教学后，组织学生上网，搜集有关环保的资料，学生从不同的角度加以整理归类，制成卡片，便于交流。有的学生收集地球的有关资料，有的收集自然环境遭到破坏的资料，有的收集世界各地环保措施的资料。学生通过归类整理之后，制作卡片，从不同的角度加深理解，知道环境污染对人民生活的危害，了解环境保护的重要性、迫切性。

4. 展示观点交流讨论

同一事物不同视角的认识对整体地理解该事物，具有特定价值。课堂教学中让学生互相交流，展示各自的认识、看法与成果，通过不同视角不同观点之间的相互碰撞、补充与完善，加深对阅读主题的认识。如《草船借箭》学习后，学生对周瑜的认识更加模糊了。文中周瑜心胸狭窄，妒忌心强，与《赤壁之战》中智勇双全的形象似乎对不上号。在网络阅读时，学生查询有关资料，逐步形成了自己的观点和看法。有的学生上网查询《三国演义》的相关资料，搜寻到第四十九回"七星坛诸葛祭风，三江口周瑜纵火"中体现到周瑜的智与勇，有的从"孔明三气周公瑾"的情节认识到周瑜的心胸狭窄。正是由于从不同事件，不同角度认识人物，使人物形象更加立体、丰满、真实。

5. 总结评价形成成果

当学生形成初步成果，教师身为组织者、引导者，要启发诱导学生自己纠正错误或片面的看法。然后，组织学生进行充分的研究，讨论后，再根据收集到的信息，完善自己的成果，形成最终的学习体会或研究成果，从而去发现规律，深化认识。教师既可以指导与组织学生使用 Email 将自己的成果发送给师长、朋友；也可以将成果打印出来形成小论文；可以将其做成主页的形式在网上发表；还可以制作成卡片在课堂中与同学进行交流，开阔视野，增长知识，激发学生体会成功的喜悦，树立起自信心。学校可以举行专门的网络阅读汇报活动，让学生展示自己的电子作品，真正使网络阅读发挥其正面作用。

（四）指导具有时效性的碎片化阅读

随着智能手机、平板电脑、电子阅读器的流行，孩子的阅读方式、阅读习惯也发生着很大的变化。这种通过手机短信、电子书、网络等电子终端接收器进行的不完整、断断续续的阅读模式，我们把它叫做碎片化阅读。很多人对碎片化阅读不屑一顾，大肆批评，最猛烈的是几年前新浪微博刚开始兴盛时，有一位著名的网友宣告停止用微博，因为自己被碎片信息搞得焦虑、沮丧，甚至难以专注。好多人赞同，叹息，甚至厌恶自己。很多老师忧心忡忡：如今的孩子"正经书"不看几本，整天沉迷于发微博、看贴吧，这种快餐式阅读致使小学生阅读碎片化，课外阅读量、尤其是经典阅读量严重不足，对于孩子的终身发展将会产生负面影响。然而，也有很多不一样的声音，觉得碎片化阅读是社会的一个救星。微信的一个巨大功劳，是将阅读重新送回日常生活，提供了碎片化阅读的最好机会。

著名媒体人罗胖曰：那些赞美"长阅读"、嘲笑"碎片化"阅读人，我来说几句诛心之论吧——

1. 你们的精英地位，是由"长阅读"来塑造并维持的。

2. 你们明明知道，能长阅读的人有限。

3. 你们隐隐担心，碎片化阅读将会消解你们的精英地位。你们的趣味不再万众风从，你们的作品不再是唯一标杆。

诚然，碎片化阅读有它的固有缺点。阅读书籍和长文章仍然非常有必要，但把碎片化阅读当成洪水猛兽就有点走极端了。作为老师，我们必须关注碎片化阅读这个新生事物，把传统阅读和碎片化阅读有机结合起来，让学生把握好空余时间，通过碎片化阅读方式开拓信息时代的阅读新思路。具体有以下方法：

1. 以"碎"激趣，提高整合能力

碎片化阅读往往要利用零碎的时间来开展，这和学生在图书馆阅读有所不同，学生对于阅读的文本内容具有随意性，老师要加以引导，促使学生将自己感兴趣的碎片化阅读内容进行自主整合，让他们更加条理化、逻辑化、从而提高阅读能力。

有很多古典诗词都具有短小精悍的特点，这些正是学生进行碎片化阅读的好素材。学生可以上网收集作者生平、时代背景等内容，然后让学生将这些内容与诗歌结合起来思考，诗歌中是怎样体现时代特点和诗人的个性品质的，让学生在综合整理的过程中提高逻辑思维能力。

2. 以 " 碎 " 扩展，开拓阅读视野

在语文教学中，利用碎片化阅读可以让学生在不经意的情况下去探寻自己陌生的领域，从而促使学生开阔自己的阅读视野，从一段阅读碎片开始，开启异常奇妙的阅读之旅。

例如，在学习《长江之歌》这篇文章的时候，就可以适当地启发学生利用空闲时间进行碎片化阅读，例如有的可以找找长江流域的风景名胜，尝试找一些游记文章，有的可以找找相关的历史事件，有的可以找找和长江相关的诗词进行诵读。教师可以给学生一些要求，让学生从不同方面展开碎片化阅读，他们在潜移默化中受到老师的影响，阅读更多层次、更多维度的内容，进而开阔自己的视野。

3. 以 " 碎 " 切入，深刻探讨文本

碎片化阅读具有阅读内容碎片化，阅读层次表层化的特点，可以让人的阅读面更宽，但是却很难让人探索到文本的深层次内涵。为了避免学生浮光掠影地阅读，教师可以利用QQ、论坛等聊天工具，让学生就自己在碎片化阅读的过程中遇到的一些片段进行讨论，这样能够促进学生在探讨的过程中找到切口，深入探究文本的内涵。

碎片化阅读开拓了信息时代的阅读新思路，这对于学生阅读面的扩展是有帮助的。老师要对学生的碎片化阅读进行必要的监督、引导，促使他们由浅入深、由易到难地阅读，避免碎片化阅读无法深入思考的弊端，从而让碎片化阅读更好地帮助学生提高语文素养。

第四节　课外阅读方法指导

在"以大阅读促大写作"的今天，博览群书，可以开阔思路、活跃文思，已经成为共识。学生大部分都喜欢读课外书，但部分学生读书不得要领，事倍功半，这样，学生也就失去了读书的乐趣。我认为在提高课堂教学效能，确保完成教学任务的前提下，每周应抽出一定的时间指导学生阅读，以提高学生阅读能力。引导学生找到适合自己的读书方法并确立自己读书的目的，而不只是为了"读书而读书"。

一、寓教于趣，使学生爱读书

有人说过："兴趣是最好的老师。"因此，教师首先必须重视培养学生阅读的兴趣，以兴趣这把钥匙去开启儿童的心扉，引导学生走进知识宝库的大门。

1. 利用"名人效应"，树立榜样

榜样的作用极大，孩子的模仿性强，根据学生敬佩英雄、崇拜名人的特点，我常常给他们讲一些古今中外名人名家爱读书的故事，这种"名人效应"所产生的力量也是不能低估的。鼓励学生以他们为榜样，热爱书籍，从书籍中汲取知识。

2. 身先士卒

课外时间，要经常与学生一起读书，对孩子进行无声的教育。阅读时，老师所流露出的热情、趣味和欢乐之情，对学生有着强烈的感染力，学生在浓浓的读书氛围中，体会到老师对阅读的重视，从而自觉地进行阅读活动，并使学生感受到：阅读非常有趣。这犹如一副良好的催化剂，激起学生强烈的阅读兴趣。一旦这种兴趣培养起来，不仅眼前受益，还将伴随整个人生，使他们终身受益。

3. 适时指导

在课堂上，加强学法指导，课堂上的学习阅读方法，常态下的阅读，必须落实到阅读实践。当学生说出一些精妙的词语或精彩的语段时，当有学生道出一些其他同学所不曾了解的科普知识时，教师应及时表扬，给学生以认可，帮助学生获得成就感，这样学生会因为想得到老师更多的关注而把目光投向那无垠的知识海洋。

二、寓教于法，使学生会读书

课外阅读应是课堂教学的拓展和延伸，要以课内带课外，课外促课内的方法，课内学方法，课外求发展，把方法落实到常态的阅读行为当中去。而课外阅读书籍的种类不同，且题材丰富，文章的内容深浅不一，学生理解能力也高低有别。为了防止只追求故事情节，忽视文章中心及语言描绘，我注重以下几种阅读方法指导：

1. 指导学生建立自己的"书海拾贝"

在充实自己"书海拾贝"的过程中，根据学生阅读能力的差异，提出不同要求。阅读能力低的学生摘抄词句；阅读能力中等的学生摘录佳句、精彩片段、名人名言、进行仿句练习；阅读能力高的学生摘录时要注明出处，写读后感，养成"不动笔墨不读书"的良好习惯。

2. 指导学生掌握"三读"法

根据不同体裁的文章用不同的方法去阅读，要求学生初步掌握精读、略读、浏览"三读"法。精读就是要一句一句地读，一句一句地理解，遇到不理解的地方要停下来，做上记号，以便查工具书或向人请教，弄懂了再继续读，在读的过程中还要提出问题；略读速度较快，常常一目几行，意在了解大概内容；浏览的速度就更快了，主要用来浏览报纸、搜集信息资料，常常只看看标题。阅读初期，一般以精读为主，有了一定的阅读经验和阅读能力以后，以上三种读书方法可交叉进行，一般内容略读或浏览，精彩的部分精读。

3. 指导学生建立"思维导图"，进行仿写

引导学生在阅读文章时，把握文章结构，理清文章行文思路，建立"思维导图"，对阅读篇目进行仿写，不但训练了学生阅读能力，还对学生进行了谋篇布局和思维能力的训练，对学生写作水平的提高具有很强的时效性。

三、寓教于活动，使学生读好书

增加阅读量，多读书，读好书，会读书，这已是共识。但不应一遍又一遍地死读，缺乏持续性，应该把读书巧妙的寓于活动之中。

1. 今天我来"秀"

每天安排 2 分钟时间进行听说训练，时间可安排在语文课前的两分钟，让学生交流课余时间从阅读中摄取的语言材料，让大家或说一新闻，或晓一趣事，或背一古诗，或得一好词佳句，或明一道理，变枯燥的读写为有趣的乐事，给学生一个展示自我的平台，使学生兴趣盎然，视野开阔，语感增强，更令人欣喜的是，学生从课外阅读中得到源头活水，逐步达到厚积薄发，说话妙语连珠，写文章意到笔随的水平。

2. 班报引领

组织学生自办班报，深受学生的喜爱。班报的内容广泛：国家大事、校园生活、环保教育、科学世界等。学生根据每月主题，编辑材料，设计版面，选择插图，每月一期，让学生享受成功的喜悦。

3. 以"赛"促"读"

为了使孩子的读书热情持之以恒，要定期举办故事会、古诗朗诵会、辩论会、手抄报比赛等读书交流活动。也可进行快速阅读比赛、读书知识竞赛、读书报告会等，使学生在活动中体会到课外阅读的乐趣。

4. 成果展示

（1）资料汇编。学生在广泛读报纸、杂志或其他书籍时，会发现其中具有保存价值的材料，指导学生把这些材料剪下来，找一个本子，分类贴上，积累资料，每周在班上评展一次，以激发学生周而复始地进行下去。

（2）"书海拾贝"。摘抄用得准确、生动的词语或形象具体、含义深刻的句子，或精彩的片段，这些含义深刻的格言、警句等，让他们建立自己的"书海拾贝"，进行搜集整理，也定期在班上交流展评，看谁做得最好。同时，对那些优秀的读书

笔记、"资料汇编"、摘抄本、获奖的班报等学生作品在学校或班级的学习园地"精品欣赏屋"里展示，供学生欣赏，既鼓励那些读好书的学生继续坚持下去，又勉励那些对读书缺乏兴趣的学生，达到两全其美的效果。

　　总之，为了让学生爱读书、会读书，从而养成读好书的习惯，我们必须营造一个开放式的学习氛围，必须拓宽学生阅读范畴，这才是提高素质教育的重要途径之一。

第六章　亲子相与好阅读

　　亲子阅读又称亲子共读，就是以书为媒，以阅读为纽带，让孩子和家长共同分享多种形式的阅读过程，在学生课外阅读当中起到重要的作用，是让孩子爱上阅读的最好的方式之一。阅读对于儿童而言，首先是得到爱与快乐的途径，其次才是汲取知识的手段。学生的阅读，与其说是一个掌握知识的过程，不如说是一个与家长共同游戏的活动。在这个过程中，孩子的第一需要是父母的爱。如果得不到满足，那么在孩子眼中，这次阅读就是一次没有意思的失败游戏。也许大家都知道，读书能陶冶情操，净化我们的心灵；读书能丰富我们的大脑，使我们的知识能力更为广阔。古语有云："书中自有黄金屋，书中自有颜如玉。"因此，结合学校的实际情况，从班级的亲子阅读活动开始，让孩子能与经典为友，与书籍同伴，增进亲子间沟通的同时，把学校浓浓的书香延续到每个家庭。这样的方式也是鼓励学生阅读、提升自我的重要方式。

第一节　家庭读书氛围营造

一、营造氛围

　　美国作为世界上最发达的国家，其形成原因固然复杂，但爱读书、好读书、从小引导孩子读书却是一个重要原因。在美国，许多家庭在孩子一出世，父母们便在孩子的摇篮里摆上各种色彩鲜艳的图画书。起初，孩子们用嘴咬、用手撕，口水弄湿了书页，只把图书当成了一般的玩具。以后当孩子稍大些父母便开始用夸张的语调照图书讲故事。天长日久，孩子渐渐地对图书产生认识。随着长大和自我意识的增强，他们会向父母要玩具、要零食。这时，父母们就有意识地多带孩子去逛书店、图书馆，使孩子的物欲趋向于图书的方向；同时在节日和孩子的生日买一些好书送给他们，尤其对已有读书能力的孩子，更要如此。

俄罗斯民众爱读书也是出了名的。即使在动荡不安的年代，莫斯科的地铁站、公园、购物的队列中，都有手不释卷的俄罗斯妇女。即使在迄今尚未通公路和电话的村庄，依然保留有农村图书馆。莫斯科现有图书馆400多个，每天有千人以上出入图书馆。1.4亿俄罗斯人，私人藏书在200亿册以上，每个家庭平均藏书近300册。

二、模范引路

创造读书的家庭环境，其实方法很简单，就是父母少看电视，少打麻将和牌，尽量读书，久而久之，孩子也觉得书是一个很好的东西。孩子走到哪里都会先去书店。

现在很多孩子没有读书的习惯，其中一个最重要的原因是家长不爱读书。试想，若孩子是在家长的责骂声吵架声、搓麻将声、电视声、音乐声下读书，就算他坐在书桌前，他怎么会有心思读书呢？一个没有温暖、没有读书爱好的家庭怎么能培养出爱好读书的孩子？许多爱读书的学生表示，他们热爱阅读是因为受到父母等家庭成员热爱阅读的影响。所以希望我们的家长，即使你不去读经典名著，也要有读报刊杂志的习惯。每天在晚饭后的一段时间里，家庭成员能在柔和灯光的陪伴下，每人手捧一本书或一份报纸，为自己的家庭创设一个宁静、温馨、舒适的读书环境。这要比你说上千百遍的"快去学习！快去读书"效果好得多。

古训有"近朱者赤，近墨者黑"。孩子在家庭中，必然要受到父母家人有意无意的潜移默化的影响。希望孩子爱读书、知勤奋，当家长的只有身体力行地带头读书看报、着力营造家庭的书卷气，方可对孩子产生有效的影响。据传媒报道：在某一大城市调查发现，7.4%的家长平时没有一点时间看书读报，59.3%的家长没有时间参加业余进修或自学，9.1%的家庭竟然没有一本藏书；9.7%的家庭藏书为10本以下；32.1%的家庭藏书也只有11~50本。家中不闻书香，子女何以成才？联合国教科文组织的研究报告《教育——财富蕴藏其中》中指出："今天，谁也不能再希望自己的青年时代就有足够其一生享用的原始知识宝库，因为社会的迅速发展要求不断地更新知识……今后，整个一生都是学习的时间。"任何人都不能一劳永逸地依靠过去学习的一点知识、技术而坐吃老本。家长的个性完美、精神的丰富充实、创造潜力的开发以及使全家享有较高质量的生活，没有不断的学习是不可能的。所以一个新型的学习型家庭氛围的营造不仅要孩子学习，家长也要学习，更重要的是，不学习的父母在孩子面前也不会有威信。作为父母不妨每天晚上或其他时间，读一点书、一点报或当孩子安静下来，耐心地在他身边富有感情地朗读一首儿歌，一个故事，这将比一味地督促、强制有效很多。我们学校有很多家长就是采用了这样的方法达到了让孩子爱读书、会读书的习惯，并且取得了非常大的进步。后面我们会请他们家长来和大家交流。

三、提供书籍

定期购书是帮助孩子养成读书习惯的一个很有用的方法，可以一周一本，可以一月一次。父母在为孩子选择材料时，应该注意循序渐进，并对具体的图书种类加以鉴别和选择。教育心理学家认为，不同年龄的孩子读书能力有差异。3岁以前的孩子大多爱看色彩艳丽、形象逼真的动物或物品的图画书；3~6岁的儿童爱看童话、幻想故事以及有关动物、日常生活行为的图画书；7~10岁的孩子爱看有一定情节的神话、童话及令人惊奇、富于冒险性的儿童图书；10~13岁的孩子爱看富于幻想、探险、神秘色彩的图书；14~16岁孩子的读书倾向于思维、发明、论证、推理及人物传记类图书。

犹太民族的孩子稍微懂事起，母亲就会在《圣经》上滴一点蜂蜜，让孩子从小就知道书是甜的。据统计，以色列人均拥有图书馆和出版社的数量居全球之首。这个仅有500万人口的国家，持有借书证的就有100多万人。以色列的书刊价格非常昂贵，每份报纸售价6美元，订一份报纸每月需要100多美元，而普通以色列人每家每年都订阅好几份报刊。

美国的强大是因为有着众多读书人群的支撑。也是因为父母从小就给孩子提供良好的书籍有很大的关系。据调查，如今美国人业余时间最喜欢的三项活动分配为：与家人团聚占20%，看电视占21%，读书占35%。美国人很忙，但忙有忙的读书办法，大量图书被录制成光盘和磁带，供人走路、开车、健身时听。智慧装在脑袋里，金钱装在口袋里。知识就是力量，读书可以改变人的命运，犹太人坚持不懈的学习精神得到了丰厚的回报，犹太民族不仅涌现出的科学家多，而且拥有亿万家财的富贾巨商也居于世界各民族之前。在美国，屈指可数的亿万富翁中，犹太人就占了一半之多。许多人把犹太民族称作善于学习，积极思考的民族。

四、兴趣培养

一是能抓住机会，因势利导。社会上流行的电视剧往往会对孩子的读书造成相当大的影响，家长如能抓住机会，因势利导，趁机向孩子介绍相应的读物，学生读书的兴趣会比较大。例如中央电视台播出《水浒传》后，在社会上引起了较大的反响，对孩子们也产生了较大的冲击，他们常常讨论剧情的发展。针对这种现象，家长和孩子一起读《水浒传》。谈谈一百零八将，孩子们边读边思，边读边议，会收到良好的效果，荀子曰："不积跬步，无以至千里。"孩子养成了良好的读书习惯。便会轻松面对学习，助益颇大。

二是发挥明星效应。从事老师工作的王女士感叹地说：读书也要像流行音乐一样，我们家小孩肯定也一拥而上了。那天我在孩子收藏的歌星卡上看到明星的个人档案，不少歌星都有很高的学历，而且他们爱好的第一项就是读书。我把这些告诉了孩子。偶像的喜好让孩子也像模像样地读书，她读书肯定有学偶像的成分，但这总比学他们养几只猫，几条狗强多了。王女士笑着说：明星效应在让孩子读书这件事上发挥了不可估量的作用。

三是指导孩子学习方法。在辅导孩子时，不要代替孩子学习，养成孩子的依赖心理和遇事退缩的习惯。要教给孩子获得知识的方法，如教孩子如何去查工具书，如何获得自己想要的资料等。如果孩子在学习过程中不会选择重要的内容，家长可以有意识地在每周给孩子两篇长文章，让他把长文章缩写成短文章，缩写的过程既体现了孩子对知识的理解，又能体现孩子的创造性。

四是要让孩子体验到成功的快乐。孩子很在意别人对自己的评价，他是按照别人的评价去认识自己的。如果别人说他笨，他就会认为自己笨。一个总是失败的孩子体验不到成功的快乐，也就不去努力了。对于一个从未完成过作业的孩子，家长最好让他先做几道容易的习题，让他能轻而易举地完成，再调整作业的难度。如果孩子的学习不好，不要将失败的原因归为孩子不聪明，家长可以从学习态度（是否认真）、意志力等方面去寻找原因，千万不要说他笨，让他自暴自弃。

五、鼓励孩子自我激励

如果孩子能够经常自我激励、自我鞭策，他便有可能避免学业上的失败。首先要帮助孩子树立自我激励的目标。其次要让孩子学会自我暗示，经常对自己说一句激励的话，如"我一定能成功"。再次是让孩子在行动中摆脱消极情绪。如果孩子因为怕学习失败而产生恐惧，重要的是告诉孩子采取什么样的行动来消除这种情绪。

家，是孩子成长的乐园，是孩子成才的摇篮，为人父母者要自觉营造良好的家庭氛围，给孩子一方宽松的爱读书家庭空间，从小培养他们的品质，为他们的茁壮成长打下坚实的基础。

六、居室布置要突出书香氛围，并且要方便孩子读书

语言大师、文学家梁实秋先生说过："一个正常的良好的人家，每个孩子应该拥有一个书桌，主人应该拥有一间书房。"台湾经济学家、现任美国威斯康辛大学经济系教授的高希均先生在《构建一个干净社会》一书中也提倡："家庭中应以书柜代替酒柜、书桌代替牌桌，转移上咖啡馆与电影院的金钱与时间来买书、读书。"确实如此，一个到处都能看到书的家庭才有可能培养出爱读书的孩子。另外在居室的布置上还要注意，让孩子在他的生活空间里尽可能多接触书，把书放在他经常看得到的地方，如电视机旁、沙发上、床头、卫生间等等，以吸引孩子的注意，让他不知不觉就能进入阅读状态，久而久之养成习惯。不要担心居室的暂时凌乱，因为居室的凌乱是可以收拾的，但孩子读书习惯养成的时间一旦错过，是很难甚至是无法弥补的。

七、在书的选择上要尊重孩子的兴趣，顺其自然，萝卜青菜，各有所爱。

对书的爱好也是如此，有人喜欢大江东去的豪迈，也有人喜欢小桥流水的细腻。不要一味地逼着孩子读他不喜欢的书，否则就会适得其反，只会增加孩子对书的厌恶。我们提倡的是快乐阅读，千万不要破坏掉孩子阅读的感觉，我们要将阅读的自由还给孩子，但家长可以在孩子选择书的问题上提供科学的指导。其实，很多东西，不需要我们去说教，只需要去做，去营造一个氛围，去树立一种风气。在这种行为示范中，在这种氛围中，在这种风气中，孩子的思想和行为都会慢慢改变的。

第二节 亲子阅读方法指导

一、学校共建亲子阅读

（一）燃起参与热情

父母亲是家庭教育的主要角色，这为亲子阅读指导提供了有利的家校合作资源。

1. "呼吸书香"栏设立。家长指导学生阅读的能力直接影响着阅读活动的效果，为了帮助家长提高选书、分析书的能力，可以开辟"呼吸书香"专栏，包含"好书推荐——绘本封面、购买需知；温馨导读——介绍亲子阅读方式、读懂作者意图、重难点等；图书漂流——班级借阅登记、学生间好书交换；童话书签——分享亲子阅读心得、感悟，或是亲子发生的故事"。所推荐的书籍，学校参照彭懿老师的《图画书阅读与经典》标准，保证书籍类型的丰富性和品质，且各班所选的读物各有侧重点。

2. "童话小屋群"设立。由于受到自身文化程度和地方方言的影响，家长迫切需求朗读技巧的提升，学校的"童话小屋群"应运而生。学校搜索了一些优秀的讲故事微信公众号，如"儿童睡前故事""凯叔讲故事"等发布在"童话小屋群"，家长通过童话小屋群不仅可以反复倾听、练习，提升朗读技巧，而且可以开展家庭故事会以及亲子剧场分享活动，把亲子阅读的温馨瞬间用视频方式记录下来，在小屋中探讨、分享，使家长更加准确地了解自己在开展阅读活动时的优、缺点，从而进一步提高自己的指导水平。随着家长、孩子阅读水平的不断提升，我们会尝试在校园微信公众号里开通讲故事栏目，让家长和孩子也来讲故事，不断燃起参与的热情。

3."家庭工作坊"设立。工作坊活动以户外和走进学校为主，主要根据家庭特点，遵循互补原则，以4~5个家庭为单位，每个组自主推荐"坊主"。"坊主"定期或不定期组织"故事妈妈（爸爸）"走进学校和孩子们一起阅读。学校还可以户外的形式开展"亲亲自然"阅读分享活动，现场问题答疑、互动观摩，在大自然中分享"悦"读的快乐，享受亲子时光，其乐融融。每学期学校根据各坊活动花絮展示，采取自荐和推选的形式评选出"优秀工作坊"和"书香家庭"。

（二）促成主动意识

1.人文氛围

为了营造一种书在身边，趣在其中的书香氛围，学校楼梯角、楼层公共走廊开辟了温馨亲子阅读区，家长在接送孩子时可以自由进入。这里有着小沙发、卡通地垫、小书柜、书架以及便于学生取放的各类图画书。对于低年级学生的阅读区，图画书平行投放，平躺在矮柜上，便于学生观察图书封面，便于取放，也易于培养学生按标志取放的习惯。

高年级成立了图书管理员，师生共同制定了图文结合的阅读公约。管理员要协助教师做好图书标号和借阅登记，并根据图书标号整理摆放图书，如果书有破损，要负责修补。在这个活动中，学生不仅体验了生活，增强了主人翁意识，而且学会了管理，也提升了对书籍意义的理解。

2.支持深化

随着阅读活动的深入，学生对阅读的兴趣已不仅仅停留在"读"，由"读"而衍生的活动不断滋养着学生生命成长的"亲自然、爱生活"体验。如由图画书《我爸爸》衍生的"我爸爸"系列活动，活动中，孩子们拉着爸爸的手，有的说："这是我爸爸，爸爸打篮球时像猴子一样跳。"有的说："爸爸的手像大象的鼻子一样强壮，可以扛起很重的东西。"……在"爸爸的手"亲子诗歌朗诵活动中，许多爸爸眼中闪着泪光，真实情景深化了阅读，滋养着生命成长的亲子情怀。例如开展"好饿好饿的毛毛虫"阅读活动时，学校乐意创设以毛毛虫为主要元素的班级环境和活动区游戏，如在探索区投放了各种水果图片、时间表、毛毛虫蜕变操作图、记录纸，在表演区投放了故事图谱、头饰、水果模型……图画书元素的环境、开放式的操作材料，拉近了学生与图画书的距离。

3. 分析作品

在孩子的眼中，每本绘本都"很有趣""很奇怪"，所以在指导家长选择绘本时，教师或者家长考虑的不仅是文学本身的审美价值，还有作品承载的教育功能。如绘本《小老鼠和大老虎》，当看到"唉，我能说什么呢？我不过是一只很小的小老鼠"时，孩子们感受到小老鼠被欺压时的难受，懂得了朋友之间公平相处、相亲相爱的重要；绘本《是蜗牛开始的》，当看到"到了晚上，大家都互相原谅对方了，他们终于可以安心地好好睡觉，他们很高兴又能做他们自己了"时，孩子们懂得了每个人都有自己很棒的一面，不能只看别人的缺点，应该学会懂得欣赏别人的优点。

4. 自制图画书

自制图画书选择的是学生熟悉的生活经历和内容，喜欢的色彩、图案，触动心灵的语言，如成长故事。教师通过家长会向家长介绍"成长故事"集，由家长收集相片，由学生挑选出自己最喜欢的并进行分类，变成同一主题作简单的文字说明；或是学生绘画，家长（教师）引导学生说出画面里的事和角色的心情，再对画面进行简短文字说明，最后一起制作出个性化成长故事书。书的类型可以是左右书、折叠书、一正一倒共阅书等各类造型书。对于低年级学生，可以引导他们分享自己制作的图书，让图书可以成为他们情感的寄托，缓解他们对家人的依恋；对于中高年级学生，可以引导他们表达情绪情感、表达自己的看法。在制作图书的过程中，学生懂得了书是怎样诞生的，懂得了一本书的结构和设计原则，既增强了对图画书的兴趣，也获得了满足感和成就感。

（三）凝聚悦读情怀

1. 亲子绘本剧场

以模拟表演拓展绘本，父母与孩子一起思考故事、感受故事，通过扮演故事中的角色，体验绘本的内部情绪，获得丰富的认知和情感体验。经典故事《逃家小兔》，由妈妈和孩子分别扮演兔妈妈和小兔子进行故事表演，"我要跑走啦""如果你跑走了，我就去追你，因为你是我的小宝贝呀"……这是世界上最能展现伟大母爱的一段对白，小兔子顽皮、想象力无边；妈妈无怨无悔，任你逃到天涯海角也要把你追回来……整个活动充满了亲情，孩子与父母、家庭与学校的情感连在一起，孩子们感受到了博大的爱和阅读的快乐。

2. 阅读教学开放日

活动前，教师事先和家长交流观摩注意事项，如观察孩子的阅读水平和情况、教师引导语、提问以及和孩子的互动方式等。活动中，教师绘声绘色的朗读、"你觉得哪一页很有趣、你从哪里看出来的、你觉得它会怎么做"等激发兴趣、引导观察、促进思考的提问技巧为家长们提供了具体的指导范例，使家长不仅了解为什么要这样做，更知道如何去做，家长们获得了亲子指导的技巧，体验和感受到了孩子在阅读中的成就和快乐。

3. 故事妈妈 / 爸爸

每次活动前，老师都会和"故事妈妈（爸爸）"从图画的美术语言和绘本的文学语言中分析故事的情感基调，确定分享主题、道具等。活动开始了，《等我长大了》《讨厌的肥猫》《难过的小鸭子》……当孩子们看到自己的爸爸妈妈在活动室里用各种生动的语调、形象的动作朗读出动人的故事时，一个个目不转睛、伸长着脖子，时而着急、时而大笑，情感随着故事的发展此起彼伏，在互动交流中理解、分享别人的情绪情感体验，形成对事物爱憎分明的态度，场面温馨动人。"故事妈妈（爸爸）"也成为了孩子们心目中的偶像。

二、家庭亲子阅读方法指导（亲子阅读十八招）

亲子阅读在很多家长看起来很难，自己普通话不标准，自己没有表演能力，自己对于儿童读物不感兴趣等等，其实这些都不是问题，当我们用感情带着孩子一起读书，阅读就会变得如呼吸一般自然，一点都不难。

第一招：首先选择自己喜欢又适合孩子的书。因为热爱是可以传递的。如果这本书自己都不喜欢，读给孩子听，那将是非常痛苦的，这种情形也会在无意中流露给孩子。家长可以遵循"我喜欢，我选择"的原则。英国著名儿童文学作家 C.S. 刘易斯有一句至理名言："仅仅让孩子们喜欢的故事还算不上是好的儿童文学。"所以，如果一本童书不能唤起你的喜爱和敬意，你大可将它放弃，它未必是一本好书。所以第一步选书很重要，把热爱传递给孩子。

第二招：大声为孩子读书。为孩子大声读书，是公认的培养孩子阅读习惯的最为简易而有效的方法。这里所说的"大声"并不是发出很高分贝的意思，而是指"读出声音来"让孩子能够听清楚。大声读的益处非常多，能增加孩子的词汇量，提高孩子语言学习能力，并能直接引导孩子在阅读上取得更大进步。为孩子大声读书，本身并不困难，难在持之以恒。选择合适的时间段，每天坚持至少20分钟，和孩子一起快乐地享受这个过程，把对书的喜爱传递给孩子。

第三招：边读边玩。不少大人把阅读或者学习活动看作是相当严肃的事情，其实，在早期教育中，孩子所学到的一切几乎都是从游戏中获得的。对于孩子来说，阅读本来就是一种游戏。儿童的阅读可以有许多种玩法。比如，有的书本身就是玩具，可以当作汽车在地上滚，可以当作积木搭房子，可以当作拼图变图案，有的可以在洗澡时放在浴盆里，可以铺在地上当作游戏用的地板。不过大多数低幼图书是一般的图画书，大人可以随机变出花样，和孩子边读边玩，如角色表演，画画，做手工等。

第四招：他翻页，你读书。在为孩子读书的过程中如果能让孩子参与进来，将会既好玩又有效的事情。可以请孩子来主持翻页，由孩子来控制阅读的速度，你可以从侧面了解到孩子对故事的理解和喜爱程度。

第五招：阅图漫步。就是轻松自然地引导、陪伴孩子翻看图书里的图画或插图的一种方法。这种活动适合图画书或有插图的书。优秀的图画书往往有很好的图画叙事能力，孩子甚至或以从图画中"读"出一个完整的故事来。在这个阶段进行的漫步似一种预演活动。比如："不好，大灰狼来了！""这只小猪为什么叫懒懒？"经过这样的热身，孩子的注意力就被吸引过来，对书里的故事也充满好奇心。

第六招：一边读一边演。阅读到相关的内容，我们停下来，和孩子分配角色来演一演。当然在这个过程中，孩子肯定会提出很多很多问题，在交流讨论这个问题的过程中我们的价值观、世界观不知不觉也传递给孩子，和孩子共同读书的目的就是分享，分享我们彼此的快乐，分享我们的困惑，分享我们对书中人物的看法，这样才能有真正的提升。

第七招：引发问题，引导思考。在亲子共读的活动中，孩子往往会提出许多的问题，这是非常重要的交流机会，大人可不要忽视。与孩子共同读书的目的就是要分享，分享快乐，分享困惑。如果大人善加引导，可以让孩子获得丰富的体验。

第八招：聊书。与孩子一起读完书后，很多大人喜欢向孩子提问或要求孩子复述故事，这样做主要是想考查孩子是否理解、记住了故事。这的确是一种方法，但未必是最好的方法。不少孩子对这样的考查感到不耐烦，而他们的反应又令大人不满意，有的孩子甚至因此渐渐对共读活动感到厌烦。与孩子聊书通常也是从一些问题开始，但这些问题并不是要考查他是否理解正确，而是要引导他说自己的想法来。因此这种聊书应当是无压力的、发散性的、结论开放的。我们的真正目的是帮助孩子理解，并从中获得快乐。与孩子聊书最好以"说来听听"这样轻松的用语开始，重要的不是让孩子"答对"，而是通过交流使双方获得认同。

第九招：读后行动，拓展阅读 。我们要关注孩子在共读之后的反应，因为阅读不是读完就完的事情，在整个阅读过程中，阅读反应也是相当重要的一部分，它是帮助孩子理解并引导孩子拓展阅读的重要环节。小小孩如果喜欢上一本书，最常见的反应是"再来一遍"，他们喜欢大人反复读。有的孩子会把自己想像成书里的主人公，自编一些好玩的说法。还有的孩子，会把玩具动物排成队，自己捧着书给它们"讲故事"，这都是值得鼓励的积极反应。

第十招：给自主阅读留出空间。在亲子共读中，除了大人为孩子大声读外，也应当鼓励孩子自主阅读。自主阅读的培养主要是注意力和习惯的培养。每天一起读20分钟，可以是共读，可以是你读你的，孩子读孩子的。

第十一招：小小"书虫"长、长、长！不少家长喜欢为孩子做成长记录，这是非常好的习惯。如果能将孩子的阅读成长经历记录下来，不但会非常有趣，而且会对引导孩子阅读很有帮助。最简单的记录是记下每个阶段孩子读过的书。不过，做这样的记录最好是能让孩子一起参与，而且以有趣直观的形式来记录。可以将孩子读过的书名写在一张张卡片上，摆成一条虫子的形状，孩子读的书越多，虫子就越长。有客人来，先让客人看这条长龙，让孩子有成就感。即便是上了四五年级孩子，一样可以，就在家里拿出一堵墙或一间房，把最近已经读过的书列出来。还有一个办法，就是让孩子和自己读过的书合影，这招特别有用。孩子读完一本书，拿出手机咔嚓照下来，放在电脑桌面，过一个月或半年，把所有的照片打印出来看一看，孩子会很有成就感。如果你朋友圈还比较热闹，不妨固定一个时间，让孩子晒晒书，把孩子读过的书晒出来，朋友们一定会来点赞，这无形中是对孩子的一种激励！

第十二招：延伸阅读。如果要激发孩子持久的阅读兴趣，就需要特别关注延伸阅读。最常见有基于作者、基于主题的或基于相关事件的延伸阅读，比如孩子在读到成语故事或历史故事时，会对历史上某个阶段的事件产生疑问，大人如果能适时提供相关的图书，一定能获得很好的效果。这就是基于主题或基于事件的延伸。

第十三招：寻找合适的共读伙伴。让同龄的孩子进行阅读交流，是另一种既有效又有趣的引导方法。最直接的交流方式是相互借书，最好的交流方式是让孩子们一起看书，聊书。还可以成立班级家长读书会，邀请班上同年龄，相互认同的几个家庭，一个家庭负责一周，每天固定开展活动，如果有七八个家庭，可以互相轮流进行。把这种阅读小屋玩起来。

第十四招：走到哪里，读到哪里。阅读是一种生活方式，它是爱书人日常生活中必不可少的一部分，对于小书迷来说，到处都可以是读书的好地方。在家里，可以在床上，书桌上看书，也可以在地板上，妈妈怀里看书。外出时，可以在旅途中看，在郊游的山顶上歇息时看，可以让那些需要打发的时间变得更充实。

第十五招：充分利用公共资源。最常用的图书公共资源是书店、图书馆和互联网。

第十六招：书香满家园。用书来装点日常家居环境，在家庭中营造阅读气氛是让孩子爱上书的最行之有效的方法。要想让孩子爱上书，关键是大人对书的态度。家庭的阅读活动不但可以在亲子间进行，还可以在整个家庭中进行。大家一起聊书，一同看书读报，遇上好玩的段落，爸爸为妈妈读一段，妈妈为爸爸读一段，那种从阅读中获得的快乐，会很自然地传导给孩子，何愁孩子不爱上书呢？

第十七招：橱窗原理。我们逛商场时，往往会对精心布置的橱窗特别留意，许多人会在橱窗前流连。多项调查显示，在橱窗中展示的货品往往是成交率最高的。如果想给孩子推荐一本好书，最好放在孩子最容易看见、最容易拿到的地方。

第十八招：享受爸爸的声音。一定要让爸爸也参与亲子阅读！在现代社会，阅读障碍几乎可以和学习障碍画等号！在家里很多管孩子阅读的是妈妈。而在孩子出生的头几年里，几乎都是女人带着孩子阅读，其后果是在小学五、六，出现明显阅读障碍的学生绝大多数是男生。男性思维以理性思维居多，他在外边接触的事物更广，爸爸的视野会更开阔，一定要充分调动爸爸的热情。

结语

　　阅读是获取知识的主要途径之一，在教育阶段，阅读是认知文本得到成果的直接行为，任何学习都是从阅读开始的，因此阅读对于学习的作用与意义就显得尤为重要了。

　　世上最有趣的事，第一是人，第二是书。因为，书能使人抓住这个世界秘密的核心。你读什么样的书就是什么样的人。如果你什么也不读，那么你的头脑就会萎缩，你的理想将因失去活力而动摇。阅读的意义在于，它在超越世俗生活的层面上，建立起精神生活的世界。一个人的阅读史，即是他的心灵发育史。阅读使人超越动物性，不致沦为活动木偶，行尸走肉。停止阅读就意味着切断了与世界的沟通，与心灵的沟通，人生也就是进入了死循环，可以说，是阅读拯救了人们。

　　就学生特别是基础教育阶段的学生来说，阅读是他们建立学习任务的基础所在，是他们塑造人格的最初影响因素之一。从整体上来说阅读能够在学识与人格上影响成长。

　　从广义上来说阅读在很大程度上能够提升学生民族文化素养的意义，平心而论，现代学生的一个不足，就是缺失阅读文化方面的知识与修养。缺乏这种阅读修养，提高自身的文化修养。今天，艺术教育作为人文教育的重要。积极地参加演讲、辩论，阅读报刊杂志，学会收集资料，交流等等。例如，西方文艺复兴的作品、近代世界经典名著、前苏联著名。有助于提高文化修养对提升思想品德素养的重要性。古人云："书中自有黄金屋，书中自有颜如玉。"可见，古人对阅读的情有独钟。其实，对于任何人而言，阅读最大的好处在于：它让求知的人从中获知，让无知的人变得有知。读史蒂芬霍金的《时间简史》和《果壳中的宇宙》，畅游在粒子、生命和星体的处境中，感受智慧的光泽，犹如攀登高山一样，瞬间眼前呈现出仿佛九叠画屏般的开阔视野。于是，便像李白在诗中所写到的"庐山秀出南斗傍，屏风九叠云锦张，影落明湖青黛光"。

就当前的学生阅读与教师阅读教学来说，尽管在国家的大力推广与关注的前提下，有了不少的改善，但实际问题依旧存在。目前的问题多表现在学生、家庭、学校三个方面。学生的阅读时间少、阅读碎片化、方法技巧、态度、网络以及习惯等多因素；而家庭中阅读缺少相应的阅读氛围，家长没有做到以身作则，家庭阅读环境以及阅读书籍不足都直接制约着孩子在课外时间的阅读效率与行为。在学校中主要表现在学校制度以及教师两个方面，我们指导当前虽然推行素质教育，但在实际教育中素质的体现有些参差不齐，学校的作业与安排占用了学生大量时间，导致课外阅读没有得到具体且有效率的实施；而教师作为阅读引导的直接执行者其自身技能与方式都直接影响学生对于乐队的兴趣与看法。从这些现状看来，尽管阅读极其重要，但推行不力，故而对于这方面的研究就显得势在必行了

笔者在调研与研究的过程中发现当前的小学阅读现状可以大致分为普遍性与独特性两大类。普遍性的阅读问题是大量与高频率出现在小学阅读中的，这些问题并不分城镇与农村的地域不同。例如阅读兴趣、阅读技巧、阅读引导等等问题。而小学阅读现状的独特性则有其各自的特点，主题表现在阅读资源、阅读环境等问题上，例如在农村中，生活压力导致了学生心中想阅读，但没有时间没有精力阅读。阅读现状的普遍性是可以通过多方面的共同努力改善与解决，但对于其现状的独特问题，实际的解决者则成了教师，也只有教师针对具体的情况，发挥自己的主观能动性进行解决。笔者研究过程中发现阅读问题多多，但自己越是调研研究，就越发现作为一个教师的无力感，无论是针对阅读的普遍性还是独特性，目前的解决对策都显得有些治标不治本，想的有些流于表面，因为这些问题并非是一时一刻能够解决，甚至上升到时代与国家、经济与社会的层次，笔者所提的对策也是对一些问题进行改善与相应的解决。

笔者的调研与研究是因为研究对象区域以及笔者的个人能力等因素存在一定的缺陷性，但笔者也希望自己的研究能够给人以启示，给专家以帮助。

参考文献:

[1] 魏延争. 浅谈小学生海量阅读兴趣的培养方法 [J]. 教育, 2016(12):00027-0002

[2] 贺小兰. 培养阅读习惯快乐海量阅读——浅谈小学生语文课外阅读习惯的培养策略 [J]. 基础教育论坛, 2017(17)

[3] 刘青. 试论小学语文有效阅读教学的原则 [J]. 读与写:教育教学刊, 2017(4)

[4] 吕晓艳. 新形势下幼儿园开展早期阅读现状与策略 [J]. 学周刊, 2017(11)

[5] 张佳. 幼儿早期阅读现状分析及对策探究 [J]. 江西教育, 2017(12)

[6].[J]. 教师博览:科研版, 2017(7)

[7] 曾勤芳. 从国民阅读现状谈我国中小学阅读教育 [J]. 才智, 2017(9)

[8] 王贺玲. 小学语文课本阅读量的现状与思考 [J]. 河北师范大学学报 (教育科学版), 2011, 13(12):76-81

[9] 张少华. 小学语文群文阅读教学现状及对策研究 [J]. 西部素质教育, 2017, 3(2):236-236

[10] 张声敏. 小学语文阅读教学的现状及相关思考 [J]. 西部素质教, 2017, 3(8):174-174

[11] 付元贵.[J]. 师资建设, 2017(10):74-75

[12].[J]. 辽宁教育》, 2017(15):85-86

[13] 李守秀. 加强网络阅读指导发挥网络资源优势 [J]. 中国教育技术装备, 2017(9):65-66

[14] 惠雪莉, 阳德华. 幼儿阅读心理与绘本阅读指导 [J]. 陕西学前师范学院学报, 2017 (1):79-82

[15] 陈晖. 绘本的特点与绘本的亲子阅读 (二) [J]. 动漫界, 2017(12):25-25